KB034982

눈물은 뜨겁다

눈물은 뜨겁다

초판 1쇄 발행 | 2018년 5월 9일

지은이 | 김경진
펴낸이 | 공상숙
펴낸곳 | 마음세상

주 소 | 경기도 파주시 한빛로 70 507-204

출판등록 | 2011년 3월 7일 제406-2011-000024호

ISBN | 979-11-5636-242-5 (03810)

원고 투고 | maumsesang@nate.com

* 값 13,000원

* 마음세상은 삶의 감동을 이끌어내는 진솔한 책을 발간하고 있습니다. 참신한 원고가 준비되셨다면 망설이지 마시고 연락주세요.

이 도서의 국립중앙도서관 출판예정도서목록(CIP)은 서지정보유통지원시스템 홈페이지(http://seoji.nl.go.kr)와 국가자료공동목록시스템(http://www.nl.go.kr/kolisnet)에서 이용하실 수 있습니다. (CIP제어번호 : CIP2018011624)

눈물은 뜨겁다

김경진 지음

마음세상

시작 말

눈물이 뜨거운 이유

〈눈물은 뜨겁다〉라는 말을 꺼내놓고 혼자서 고개를 끄덕인다. 내게 산문은 시를 쓰는 일에서 잠시 벗어나 시로 쓸 수 없는 이야기를 술술 풀어내기 위한 선택이어서 특별히 무게를 두지 않았다. 그러나 길지 않는 단문을 산문이란 형식을 빌려 쓰다 보니 어쩌면 형식만 바뀌었지 시를 쓰는 일의 연장이란 생각이 든다.

때로는 시라고 써놓은 글이 산문이나 다를 바가 없고 산문으로 써놓은 글이 달리 읽으면 시에 가까웠다. 사실 경계는 내가 스스로 만들어 놓은 선에 불과한 것이었다. 써놓은 글이 시이냐 산문이냐는 내가 판단할 몫이 아닐지도 모르겠다. 메모지에 나 혼자만이 볼 수 있도록 몰래 간직한 글이라면 당연히 내가 세운 경계가 맞을 것이지만 SNS라는 매체를 통해서 올려놓은 글이라면 이미 활자화되어 스스로의 운명을 지고 있는 것이어서 그 경계를 긋는 것은 읽어주는 사람들의 권리인 것이다.

그래서 어차피 쓰지 않을 수 없다면 산문을 좀 더 산문답게 써 보려고 한다. 모호하게 시처럼 문장을 간략하게 정리하려 할 필요 없이 머릿속에서 나오는 대로, 손가락이 가는 대로 글을 이어서 적어볼 생각이다.

큰 것들에 연연하지 않고 작고 여린 것들에게 나의 마음을 전이시키면서 나라는 세상을 혹은 너라는 세상을 따듯한 것은 따뜻하게 힘에 부치는 것은 불만이 넘치게 표현하면서 감동을 바라지 않고 동감을 이끌어낼 수 있는 글을 적어가고 싶다.

〈눈물은 뜨겁다〉라는 말은 그러한 내 생각이 집약된 문장이라고 할 수 있겠다. 삶은 매 순간이 뜨거운 눈물 속에 있다. 뜨겁지 않은 눈물은 눈물이 아니다. 보통의 삶들은 순간순간 자신의 생을 위해서 처절하게 몸부림을 쳐야 한다. 거저 얻어지는 삶이란 없다. 대가를 치러내야 자기가 바라는 바의 최소한이라도 얻어낼 수 있는 것이 삶이다. 피땀을 동반한 노동을 지불해야 하고 고된 머리를 혹사해 생각을 만들어내야만 나를 부양할 수 있고, 가정이 있다면 가족의 안위를 보장받을 수 있는 멈추지 못할 탁발 같은 것이 인생이라고 말한다면 지나친 비약이 될까. 그런데 어떻게 매 순간의 삶이 눈물을 흘리지 않겠는가. 그 눈물이 뜨겁지 않겠는가.

뜨거운 눈물을 흘리면서도 우리는 삶을 이어간다. 반드시 불행하다고 말할 수 없는 작은 것들에게서 전해져 오는 행복의 역설을 수취하면서 살아가기 때문이다. 그래서 눈물도 흘릴만한 것이 된다. 눈물을 흘리지 않는 삶은 역설적으로 참된 삶이 아닌 이유가 여기에 있다. 나는 오늘도 눈물을 흘린다. 손가락을 대면 화상을 입지 않을까 걱정이 될 정도로 나의 눈물은 뜨겁다. 눈물이 뜨거운 한 여전히 나는 내 삶에게 미안하지 않을 만큼 할 수 있는 최선을 다하면서 살고 있는 것이다.

제1장 위로가 필요할 때가 있다

제2장 눈물은 정말 뜨겁다

제3장 마음 근육 만들기

제4장 다른 시간 안에서

제1장

위로가 필요할 때가 있다

사랑한다는 것은

누구에게도 나는
눈물을 불러주는 사람이
아니었기를 바랍니다

사랑한다는 것은
심란하고도 먼 길이어서
아무리 가봐도
끝이 보일 것 같지는 않습니다

미련한 짓인 줄 알면서도
그칠 수 없는 것은
그래도 가야만이
당신의 끄트머리라도
바라볼 수 있을 것 같기 때문입니다

어제도 그랬어요
지금도 그렇습니다
당신에게서 단 한 걸음도
나는 물러서지 못했습니다

미련은 상처에게 말을 건다

나는 소심한 편에 속하는 성품을 타고났다. 소심하다는 것은 착하게 살아가려는 성향이 강한 것이라고 나는 정당방위를 일삼는다. 실제로 소심한 사람들은 마음이 여려서 남에게 상처를 주느니 자신이 상처를 받는 경향이 있다. 더 적극적으로 나를 방어하고자 나는 남에 대한 배려심이 강하다고 주절거려 보기도 한다. 그러나 이런 생각은 내가 나에게 하는 위로다. 소심해서 상처를 잘 받고 그만큼 더 많은 아픔을 간직하며 산다. 그렇다고 소심함이 약자로서의 삶을 살아간다는 것은 아니다. 다만 보다 적극적으로 나를 위해서 해야 될 것을 충돌이 생길 것 같으면 남들보다 덜 한다는 것이다.

그럼에도 불구하고 소심한 사람은 미련을 쉽게 떨쳐버리지 못한다는 사실을 인정하지 않을 수 없다. 끊임없이 어떻게 될 것인가를 반복 재생하면서 떨어내야 할 일들에게 잡혀 자신 스스로에게 상처를 준다. 미련으로부터 벗어나면 상대방이 대신 상처를 받지 않을까 두려워한다. 혼잣말을 자주 하게 되고 머릿속에서 오래도록 빙빙 생각들을 굴린다. 결정적 단서를 잡아내거나 확신이 있을 때까지 미련으로부터 해방을 유보해 버리는 것이다. 자신을 위해서는 고통스런 시간이지만 좋게 보면 심사숙고의 습관이 체계적으로 발전하는 계기가 되기도 한다. 따라서 소심한 사람은 생각의 깊이가 다르다. 생각이 긴 만큼 행동을 하게 되면 오래도록 한 길을 향해 지속적으로 간다. 그러나 소심함에서 비롯된 미련에 길게 노출되어 있다 보면 상처도 깊어지기 마련이다. 미련이 상처에게 말을 걸어와서 절친해져 버리기 때문이다.

미련은 상처를 동반한다. 사랑에 대한 미련은 헤어짐을 받아들이지 못해 가슴에 커다란 멍 자국을 남기고 실패한 일에 대한 미련은 철판처럼 강력한 벽을 만들어서 다른 일에 집중하지 못하게 한다. 미련이 만들어 주는 상처는 마음의 병이 된다. 마음이 아프면 약도 없다. 스스로 깨고 나오지 않는 한 치유는 보장되지 않는다. 소심하다는 것은 상처받기 쉽다는 것과 같다. 그렇다고 상처를 무작정 회피하지도 못한다. 상처 없이 사는 사람들이 어디 있겠는가만은 떨쳐내지 못할 미련에 붙들려 긁힌 상처는 가급적 크기를 줄여나가야 하리라.

미련이라는 것은 자세히 들여다 보면 대부분 지나간 시간의 잘못된 결과에 대한 집착이다. 사랑이 아름다운 결실을 맺었다면 미련이 남겠는가. 일이 성공적으로 마무리되었다면 후회할 여유가 필요 있겠는가. 그러므로 미련이 상처에게 말을 걸기 전에 버려야 한다. 미련 앞에서 소심하다고 자신을 방어해서는 안 될 일이다.

미련에 매달려 있는 것은 미련스러운 자기비하다. 내 마음에 기생하고 있는 지난 시간의 오류들을 들춰내 본다. 곰처럼 웅크려 있던 굴속이 미련이다. 이제 잠에서 깰 시간이다.

그리우면 뒤돌아봐도 된다

아버지는 만 55세가 되는 해에 우리 가족의 곁을 떠났다. 이른 이별은 오래도록 나를 슬픔 속에 머물게 했다. 말기 암 선고를 받고 6개월의 짧지만 긴 고통의 순간을 견디다가 어느 날 단말마를 토해내고 깊은 잠 속으로 빨려 들어갔다. 죽음 이후의 표정은 평온해 보였다. 몸 구석구석에 전이된 암세포가 하반신을 마비시켜 움직임을 완전히 차단해 버렸기 때문에 6개월 중 3개월은 병상에서 눕지도 못하고 앉아서 고통과 속절없는 싸움을 해야만 했다. 그 고통으로부터 해방이 되어선지 죽음마저도 평온하게 받아들였을 것이다.

지금도 아버지의 마지막 모습을 지울 수가 없다.

"저기, 누가 있어. 가야겠다."

앙상한 삭달나무 가지 같은 팔을 뻗어 허공을 한 번 휘젓고는 벌게진 눈으로 나에게 슬픈 미소를 던진 것이 마지막 모습이었다.

장례를 치르면서 나는 아버지를 모신 방에 수시로 드나들었다. 입관하기 전까지는 핏기가 가셔 백옥처럼 하얗게 변한 피부를 손으로 어루만지며 눈물을 흘렸고 입관 이후에는 관 덮개를 쓰다듬으며 다하지 못한 작별의 말들을 토해냈다. 가난한 집안의 맞이로 태어나 집안을 건사하느라 평안한 자신의 삶을 원없이 지내지 못한 아버지와 나는 그 처지마저도 다름이 없었다. 아버지의 가난은 그대로 나에게 대물림 되어 전해졌고 맞이의 운명마저도 똑같았다. 왜 그렇게 가난으로부터 벗어나지 못하고 살았는지 아버지에 대한 원망도 많이 해왔던 게 사실이다. 마치 아버지의 삶을 부정이라도 하듯 언성을 높여가며 가난한 생활을 아버지의 면전에서 토로한 적도 있었다. 철없는 행동이었다는 것을 모르지 않고도 저질렀으니 아버지 사후에 그 후회가 얼마나 가슴에 사무쳤겠는가. 그러나 아버지는 이미 나로부터도 세상으로부터도 멀리 떠나버려 후회는 돌이킬 방법이 없다. 후회는 아무리 빨라도 늦는 것이란 것을 알게 해준 일이 되었다.

지금도 가끔 꿈속으로 아버지가 찾아온다. 생전의 건강했던 모습으로 찾아온다. 아마도 내 의식 속에서 투병을 하던 고통스러운 모습을 외면하고 있어서 말끔한 모습만이 꿈에 보이는 것인지도 모른다. 아버지의 모습을 꿈에서 본 날 아침이면 마음이 차분해짐을 느낀다. 어쩌면 꿈속의 아버지의 모습은 나의 모습일지도 모른다. 거울에 얼굴을 비출 때마다 누가 부자지간 아니랄까 봐 나이를 먹어갈수록 외모가 똑같아 지고 있음을 느낀다. 외모뿐만이 아니다. 말투도 똑같다. 걸음걸이도 똑같다. 말수가 적은 것도, 좋아하는 음식도 같다. 아버지에게서 이어받은 글쟁이 기질도 그대로 같다.

아버지는 내가 글을 쓰는 것을 무척 싫어했다. 글쟁이는 배곯는 직업도 아닌 직업이라고 하지 못하게 했다. 그러나 어쩌랴, 아버지로부터 물려받은 유전자에는 글 쓰는 재주가 포함되어 있어 포기할 수 없는 매력으로 내게 깃들어 버린 것을. 결국 나는 글을 썼고 마침내 아버지의 인정을 받아내게 되었지만, 아버지가 그러했듯이 나 역시도 특출한 능력 가는 되지 못한 채 문학의 변두리에서 서성이고만 있을 뿐이다. 그러나 단 한 번도 글 씀을 후회해 본 적이 없는 것을 보면 묵묵히 자신의 밥이 되지도 못할 글을 썼던 아버지의 기질마저 그대로 물려받았나 보다.

아버지는 항상 그리움의 대상이 되었다. 얼큰하게 술기운이 오른 날이면 더욱 그렇다. 아주 가끔은 아버지를 추억하면서 훌쩍거리며 혼자서 눈물을 흘리기도 한다. 그리움을 억지로 자제할 필요는 없다. 특히나 떠나간 가족에 대한 그리움은 절제할 수 있는 성질의 그리움이 아니다. 그리우면 뒤돌아봐도 된다.

아버지하고 나직하게 불러본다.

'그래, 그래.' 하고 생전처럼 고개를 끄덕여 주는 것 같다.

사랑의 의미

사랑을 하면 뭐든지 의미가 생겨난다. 사랑하는 사람과 연결되기 때문이다. 사랑은 그렇기에 세상을 아름답게 바꿔놓는다. 의미란 그렇다. 하찮은 것들도 새롭게 재탄생 시킨다. 본래 세상에 존재하게 된 모든 것들은 그 자신만의 의미가 있다. 그 의미가 응축된 것이 이름이라고 나는 정의를 내린다. 어떤 사물이든 이름이 주어진다. 이름이 본래 있었던 것들은 없다. 누군가가 존재를 인식하고 부름을 명명해주었기에 이름이란 이름으로 존재할 수 있게 된 것이다. 태어나고 생명의 기쁨으로 우리가 받은 이름처럼. 사랑은 그처럼 의미들을 주변으로 불러온다. 그 의미들이 나와 너를 더 굳건히 연결해 놓는다.

의미를 가진 개인과 개인, 사람과 반려동물 혹은 반려식물. 의미들이 서로에게 무한한 가치를 무작정 투과시키는 것이 사랑이다. 사랑을 하게 되면 유불리를 따지지 않게 된다. 내 것, 네 것의 구별이 모호해진다. 혼이 빠져나가 버렸는데 정신이 있겠는가. 따라서 사랑은 모든 것을 처음으로 돌아가게 한다. 공들여 쌓은 자아를 무너뜨려 버리고 이성을 마비시켜 감정적 마약에 중독되게 만든다. 그래서 사랑을 하는 동안에는 모든 시간과 사람과 사물들이 다 새롭고 아름답다. 그 속에서 절대로 빠져나오기가 싫어진다.

사랑은 사람을 단순하게 만든다. 너와 나를 연결 지을 수 있는 모든 것들이 우호적으로 받아들여진다. 반대로 너와 나에게 틈을 생기게 하는 것들은 배척하게 되고 미워진다.

사랑과 미움은 이처럼 한 마음에서 비롯되어 갈래를 달리하는 것이다. 마음이 어디를 향하고 있는가의 차이가 만들어낸 극과 극의 상태다. 한마디로 사랑과 미움은 공존할 수밖에 없다. 사랑에 빠졌다고 미움까지도 사랑할 수는 없다. 그냥 포용하려고 노력하거나 무시하는 것일 뿐이다.

사랑은 단순해야 한다. 사랑에 불손함이 개입되면 그것은 진실성을 결여해 진짜 사랑이 될 수 없다. 오직 마음과 마음의 결합체여야만 진짜 사랑이다. 조건이 들어가게 된 사랑은 사랑이 아니라 욕망의 야합에 지나지 않는다. 그러므로 사랑은 단벌의 옷처럼 항상 같은 차림이어야 한다.

사랑은 만국 공통어다. 사랑은 모든 생명체의 단일어다. 표현과 발음의 차이는 전혀 문제가 아니다. 심장이 두근거리고 미치도록 함께 하고 싶고 못 보면 열병이 나는 한 사랑이란 의미는 전달 수단이 어떤 모양이든 어떤 행동이든 같기 때문이다. 불같은 사랑을 누구나 한다. 인내하는 사랑을 누구라도 한다. 고요한 사랑에 빠져서 살고 있는 사람도 있고 죽음 같은 장벽에 가로막힌 사랑에 절망하는 사람도 있다. 그러나 이 모두가 사랑의 속성이다. 사랑의 그릇은 형태가 갖춰진 것이 아니다. 사랑에 빠진 사람 스스로가 그릇의 형태를 빚어가는 것이다.

사랑은 특별하다. 평범한 사랑은 없다. 사랑에 빠져든 모두가 특별해진 경험으로 빨려 들어가듯 사랑을 무게로 달고 좋고 덜 좋음을 가름할 수 없다. 나의 사랑이 아름답듯 사랑에 물든 마음들은 전부 아름답고 특별하다. 사랑은 기왕이면 미친 듯 하자. 물불 가리지 말고 누구의 사랑이 더 큰지, 무거운지 따지지 말고 열렬히 하자. 인생은 단 한 번이지만 그 인생 속에 사랑은 다른 모습, 다른 대상으로 여러 번 왔다 간다. 다가온 사랑을 두려워 피하지 말고 다가올 사랑을 미리 겁내지 말자. 어느 날 문득 가까이 와서 나를 강렬하게 사로잡고 있을 테니.

민들레처럼

5월의 첫날이다. 5월은 가장 눈부신 날들이 반짝이는 달이다. 봄과 여름을 잇는 중간에서 어느 편에 서서 한쪽을 편애하지 않는 공평한 날들이다. 화려한 봄꽃들이 지고 눈보다 하얀 쌀밥 같은 이팝꽃이 피고 뜨거운 심장이 튀어나온 듯한 장미가 사람들이 살고 있는 집들의 울타리를 친다. 햇빛은 눈부셔서 살갗에 투명하게 비비고 들어오고 하늘거리는 옷으로 갈아입은 사람들은 햇빛보다 찬란하다.

이렇게 좋은 날들이 계속되는데도 나는 요즈음 좀처럼 집 주변을 벗어날 수가 없다. 투병 중인 아내의 곁에서 시간의 흐름을 같이해야 한다는 책임감으로 마음이 집 주변에 갇혀있기 때문이다. 지난해 늦가을 시작된 투병은 일상을 병에 맞춰 살도록 만들어 버렸다. 극한의 공포 속에서 참혹한 고통에 적응해 가는 아내를 보면서 당사자에 비할 바는 아니지만 함께하는 두려움이 모든 상황들을 소심하게 만들어 조심스러울 수밖에 없었다. 병을 이기는 것은 먼저 병과 친해져 가야 한다는 것을 깨달아 온 시간이었다. 하루하루 평범하게 살아온 시간이 얼마나 평온한 것이었는지를 실감하면서 행복이란 것은 몸과 마음에 두려움을 주는 일이 없는 소박함에서 찾아야 한다는 것을 절감했다.

상황이 그렇다 보니 의도하지 않게 주변의 풀밭을 오락가락하며 풀밭에 자생하고 있는 풀들을 자세히 볼 수 있는 시간이 많아졌다. 평소에는 그저 풀들로 메워진 공간에 작은 꽃들이 피고 풀잎들이 시간의 변화와는 상관없이 푸르기만 한 것으로 보였다. 그러나 아침의 풀밭과 오후의 풀밭이 다르다는 것을, 해가 뜨기 전과 해가 지는 시간의 풀들의 모습이 다르다는 것을 알게 되었다.

해 질 녘이면 꽃마리는 티끌만 한 꽃을 잎 뒤로 숨기기 시작하고 봄맞이 풀은 꽃들의 고개를 땅을 향해 숙이게 한다. 햇빛이 드는 시간에 꽃잎을 활짝 폈던 민들레는 해가 지면 꽃송이를 완전히 오므려서 풀밭에서 자신을 완전히 감춰버린다. 꽃이라고 한 번 피면 질 때까지 그대로 핀 상태를 유지하는 것이 아니다. 햇빛의 양에 따라 자신의 피고 짐을 조절한다. 양지에서 자라고 있는 풀은 더 풍성하게 꽃을 피우고 그늘에 있는 풀은 그늘에서 받아들일 수 있는 햇빛 만큼에 반응을 하며 꽃의 피움을 결정한다. 풀잎들도 마찬가지다. 햇빛을 향해 잎을 최대한 펴서 광합성을 하고 해가 지면 잎을 오므린다.

풀들의 햇빛과의 어울림에서 살아감은 순응의 과정임을 배운다. 민들레는 햇빛에 민감하게 순응하면서 꽃을 피웠다 닫았다를 반복하면서 꽃잎이 홀씨가 될 때까지 인고의 시간을 지속해야만 낮고 약한 바람에도 홀씨들을 태워 멀리 보내 다음의 생을 만들어 갈 수 있다. 민들레처럼 아무리 척박한 환경이라도 받아들이면서 순응의 삶을 살아도 좋겠다는 생각을 하게 된다. 내가 하고 싶다고 모든 것을 이룰 수 없다는 것을 안다. 억지로 만들어진 이룸은 오래가지 못한다. 아침이면 몸을 일으켰다가 저녁이면 편안히 몸을 누이는 풀들처럼 자신이 누릴 수 있는 시간을 충분히 누리는 삶이면 충실한 삶이다.

풀밭에 쪼그려 앉아 풀잎을 만져본다. 풀잎의 움츠림이 손끝으로 느껴진다. 풀잎은 움츠리면서 화하니 냄새를 피워 올린다. 자신들이 풀밭에 성실하게 살아가고 있으니 주의해 달라는 의사표시다. 어떤 꽃향기보다도 향기롭다.

위로가 필요할 때가 있다

죽을 힘을 다해서 살아가는 데도 힘이 모자라는 것이 아닌가 자책이 일어나는 때가 종종 있다. 아니 너무나 자주 있어서 깊은 절망으로 떨어져 들어가며 일상이라는 이름으로 살아가고 있다. 일상은 그렇다. 적나라하게 내가 가진 것과 갖지 못한 것의 한계를 드러낸다. 힘이 부쳐 넘어질 것 같으면서도 다리를 질질 끌며 그래도 살아간다. 끈덕진 삶의 적응력이 아니었다면 일상은 일상이 아닐 것이다. 날마다 바닥에 드러누워 하늘만 원망하는 형상이 되어버릴 것이다.

기대했던 일은 쉽게 답을 주지 않는다. 힘겨운 일은 더 힘겹게 진행되고 불행은 수시로 나를 위협한다. 산다는 것 자체가 행복일 거라는 위안은 스스로에게만 유효할 뿐이다.

오늘의 나는 절실하게 위로가 필요하다. 수없이 넘어졌어도 느리지만 일어나서 다시 삶을 지탱하기 위한 길 위에 섰다. 그럼에도 불구하고 까진 무릎은 여전히 아프고 딱지가 덕지덕지 붙었지만, 포기와는 거리를 두고 지내왔다. 그런데 지금은 너무 아프다. 아파서 일어날 기운도 없다. 바닥을 엉금엉금 기고만 있다. 일어설 마음이 일지 않는다.

누구라도 나의 손을 잡고 힘을 양보해주면 좋겠다는 생각만 한다. 바닥에 찰싹 달라붙어 떨어지지 않으려는 뱃가죽을 떼어낼 수 있는 뜨거운 위로가 필요할 때가 지금이다. 나에게 내가 하는 위로는 이제 질렸다. 매번 그 밥에 그 나물이다. 보기만 해도 헛배가 부르는 위로로는 아무런 효과가 없을 듯하다. 불처럼 화끈하게 나를 태워버릴 수 있도록 열렬한 위로가 필요하다.

누가 이런 위로를 선물할 이 어디서 불쑥 나타나지 않으려는가!

두려움에게 사정해야 할만도 하다

아침은 여전히 기다리는 사람에게 지난밤에 의미를 부여한 만큼 소중하게 온다. 의미도 없이 아침을 맞는 사람은 없다. 어떤 의미는 스스로가 자각하지 못할지도 모르지만 산다는 것 자체가 의미의 연속선상에 있다는 것을 인정하지 않는 사람은 없다. 병중에 시달리는 사람에게는 더더욱 찾아온 아침이 귀하다. 고통스러운 밤 동안 무수히 많은 생각들을 떠올리고 긍정과 부정의 순간들에 절망했다가 희망을 주문했다가 자신만의 싸움에 처절했기 때문에 더욱 아침은 다정하게 받아들여진다.

밤사이 많은 두려움에 심장이 부들거렸다. 건넌방에서 나는 작은 소리에도 움찔거렸다. 잔기침 소리가 길어지면 덜컥 무서운 생각이 나를 점령해버렸고 이불 스치는 부스럭거림도 살갗을 도려내는 것처럼 통증으로 느껴졌다. 아내의 깡마른 몸이 선잠의 꿈속에서 가루로 흩어져 내 손바닥에 내려앉는 끔찍한 순간엔 몸속에 잠재해있던 모든 소름이 일시에 일어났다.

아침을 맞는다. 햇살이 눈부시다. 밤 동안의 두려움에서 벗어나기 위해 부르르 몸을 떨어본다. 두려움에게 통 사정을 해본다. 물러서지 않게 해달라고, 무릎 꿇고 일어나지 못하게 좌절하지 않게 해달라고. 무서움을 안고서도 끝까지 버틸 수 있게 용맹을 나에게 그리고 아내에게 부산물로 남겨달라고 부탁을 해본다. 투병의 기간이 길어지고 호전되지 않는 고통이 지속하고 있는 현실을 담담히 받아들이기 위해 죽을 힘을 다하고 있다. 할 수 있는 최선은 무너지지 않는 것이다. 두려움에 압도되더라도 두려움 안에서 단단히 서 있어야 한다.

기적

존재할 수 없는 현상을 기적이라 한다.

존재할 수 없는 일이 일어날 수는 없다. 이미 존재하고 있었으나 잘 발생하지 않음이 갑자기 일어나는 것이 기적처럼 받아들여질 뿐이다.

기적이란 없다.

노력의 대가이거나 예상치 못한 결과를 기적이라 믿으며 크게 꾸미거나 기쁨을 늘리려는 사람들의 표현방법이 있을 뿐이다.

기적을 바라는 것은 그만큼 간절한 마음을 가지고 노력하고 있으니 결과가 좋기를 염원하고 있다는 의미다. 나의 기적을 그렇게 바라고 바란다.

손톱을 깎으며 마음을 궁굴리다

손톱 밑에 낀 때를 파내다 공연히 신경질이 난다. 나를 이토록 오염시키며 살아왔는데도 손톱 끝에만 유독 까맣게 때가 끼어있는가. 차가운 병원 침대에 누워서 마취제에 취해가며 입을 벌리고 잠이 들었다 일어나면 내 뱃속을 들여다본 간호사들이 사진으로 구석구석을 찍어서 몽롱한 채 깨어가는 나를 불러놓고 이러고 저러고 상태를 알려주고 주의사항을 꼼꼼히 일러주듯 내가 아니어도 나를 봐주는 세상에서 살지만 정작 내 몸인데도 나는 내 눈으로 나를 들여다보기가 매번 겁이 난다. 내가 나를 얼마나 힘들여 고통 속으로 밀어 넣으며 살았는가에 대하여 잠시나마 반성하는 시간이기도 하지만 손톱에 낀 때보다 더럽다는 생각을 하지 못한다. 보이지 않는 아픔은 내 것이 아닌 것처럼 여겨지듯 보이지 않는 께름직함도 나의 허물이 아닌 것으로 일축하고 있다는 증거다.

손톱깎이로 오물을 제거하고 가만히 손톱에 시선을 고정한다. 나를 향하여 들어온 이물질도 어쩌면 내 몸의 일부가 되고 싶었는지도 모르는데 나는 너무 매몰차게 파고 떼어내 버리는 것은 아닌가. 나에게 달라붙은 것이 손톱의 때만이 아닐 텐데 손톱에게만 유독 아량을 베풀지 못함은 가장 쉽게 볼 수 있는 신체의 일부분이어서 인지도 모르겠다. 아무리 옷으로 가리고 양말을 신고 두껍게 얼굴 위에 로션을 발라도 손톱에 붙은 이물질보다 더 많은 때가 몸의 이곳저곳에 달라붙어 있을 것이다. 하물며 마음에 엉겨 붙은 때는 가늠할 수도 없다.

방바닥에 떨어진 손톱을 손바닥으로 쓱쓱 쓸어모은다. 조각조각 이리저리 튀었다 손바닥 비질에 걸려 나오는 손톱의 잔해가 까칠하게 손가락의 감각에 저항을 한다. 내 신체의 일부임에도 떨어져 나가며 통증조차 주지 않는 손톱에게 고맙고 미안하다. 쓰고 버려도 여태 아무런 감정도 갖지 못했다는 것을 새삼 깨달으니 손톱의 잔해들에게 머리 숙여 묵념이라도 해주어야 하는 것이 아닌가 죄스러워진다. 바닥에 모인 손톱 조각들을 엄지손가락으로 꾹꾹 눌러 손바닥에 올려놓는다. 주르륵 눈물이 한줄기 떨어진다.

마음이 아프면 아픈 마음의 부분을 잘라내 부스러기로 처리할 수가 없다. 마음은 아프면 일부만이 아픈 것이 아니다. 강력한 전염병처럼 한구석에서 시작된 통증이 마음 전체에 전이되기 때문이다. 그래서 엉뚱한 생각을 해보는 것이다. 마음도 손톱처럼 오염이 되면 그 부분만 조금씩 잘라내도 통증이 없었으면 하는…….

나로 인해 아픔을 느끼는 사람이 없었으면 좋겠다. 나를 아프게 생채기를 주는 사람이 없었으면 좋겠다.

때론 침묵이 목적이 되기도 한다

말은 자신을 가장 효과적으로 표현하는 강력한 수단이다. 말을 잘하는 사람이 처세에 능하고 그만큼 입신양명의 기회를 잡을 수 있는 절호의 시기가 지금처럼 성행한 적이 없었던 것으로 기억된다. 세치 혀가 천금보다 무겁고 일의 성패를 좌우할 뿐만 아니라 사람의 목숨 줄도 놓았다 잡았다 한다. 말은 잘하는 것으로만 끝나는 것이 아니어야 하는데도 불구하고 왠지 요사이엔 잘 해 놓은 말로 말의 역할을 다해버린다는 생각이 자주 든다. 말 다음으로 이어져야 할 행동이 시원치 않기 때문이다.

말을 잘하는 사람을 보면 부럽기도 하지만 더 자주 실망을 하게 된다. 말과 행동의 일치를 실행하는 사람을 보기가 드물기 때문이다. 말 잘하는 사람치고 말 이상으로 자신의 행동을 일치시키는 사람이 흔치 않다. 행동은 자신의 말을 들어준 사람들 혹은 들어야 하는 사람들의 몫으로 던져놓고 딴짓을 태연히 하는 경우를 너무나 많이 보아왔기 때문이다. 오늘 한 말과 내일의 행동이 다르고 내일의 말의 반성은 진정성이 옅게 다시 형식적인 고개 숙임으로 이어진다.

말을 수단으로만 사용하기 때문이다. 말은 목적이 되어야 한다. 수단으로서의 말은 변화무쌍하고 일관성이 없다. 논리는 괴변 속에 파묻힌 자기합리화가 되고 진실은 거짓을 가리기 위한 자기 정당화로 포장이 된다. 말이 가져야 할 미덕은 말 자체가 그대로 실천되어야 한다는 목적성이 전제될 때 사람들의 가슴에 감동의 파문을 일으킨다.

나는 말하는 재주가 약하다. 하늘이 나에게 준 재능은 청산유수처럼 말을 목소리로 풀어놓는 일보다는 머릿속에서 굴리고 가슴에서 정화시켜 글로 표현하는 것이다. 두 가지를 다 받은 사람들은 하늘로부터 가장 강력한 복을 받았다고 할 수 있을 것이다. 그러나 대부분의 사람들은 어느 하나를 재능으로 가지고 있거나 아예 둘 다 가지지 못한 경우가 많다. 말도 글도 잘 하고 쓰는 사람들은 그 복된 재주를 선하고 이타적 사랑으로 승화시켜야 할 것이다. 자신만을 위해 질주하는 기관차가 되어 세상에 재앙이 되지 않아야 한다.

나는 말이 느리고 장황하게 호흡이 길지 못하다. 말을 하는 것보다 글을 쓰는 것이 편하고 빠르다. 가끔 말을 오래 해야 할 때면 머릿속으로 글을 쓴다는 생각을 하며 목소리로 글을 쓰듯이 말을 한다. 말이 느리고 단음절로 마침표를 찍는 경우가 많은 나의 말하기 방식이 되어버린 까닭이다. 가급적 말 자체를 많이 하지 않으려고 의식적으로 줄여 말하기도 한다. 긴말은 사고를 확장시키는 것이 아니라 말과 말을 잇다가 어긋나면 의도하지 않는 말실수로 이어지게 되기 때문이다. 논리의 일관성이 유지되는 선에서 말은 끊고 맺어져야 한다. 그렇지 못하면 자신이 토해내는 말의 함정에 스스로 빠져 자가당착의 우를 범하기 십상이다.

말로 말을 이기려 하지 않으려 한다. 때론 침묵이 목적이 되기도 한다. 침묵은 말들이 범람하는 세상에서 나만의 둑을 치고 불필요한 말들이 나를 침범하여 상처를 주지 않도록 나를 방어하는 안전한 피난처가 되기 때문이다. 말은 침묵의 저항 앞에서 결정적으로 무기력해질 때가 많다. 욕설과 고성이 난잡한 시위는 동조를 얻어내기 힘들다 반면 침묵의 시위는 장엄하고 섬뜩하게 사람들의 가슴 속을 파고들 확률이 높다. 표현의 방식 중에 말보다 침묵이 목적에 더 가까이 확고한 의지로 가기도 하는 것이다.

사랑에 관한 불편한 진실

사랑에는 여러 가지 방법과 종류가 존재한다. 사랑이라고 말하면 흔히 이성과의 연애가 전부인 것처럼 대변되기도 한다. 실상 가슴 떨리고 열정적이고 존재감 자체를 증폭시켜주는 사랑이기도 하다. 부모의 자식에 대한 지고지순한 사랑, 반대로 자식의 부모에 대한 공경적 사랑, 친구 간의 우정도 사랑의 일종이며, 직장이나 사회생활 중에 만나서 연대감을 형성해 가는 끈끈한 관계도 사랑의 종류로 보아도 무방할 것이다.

그렇다고 인류애도 사랑이고 동지애도 사랑이라는 것을 말하고 싶은 것이 아니다. 사랑은 살면서 피할 수 있다고 피해지는 것이 아니다. 하고 싶지 않다고 사랑을 하지 않고 살 수도 없다. 사는 것 자체가 사랑이라는 관계의 형성이기 때문이다. 아무도 사랑하지 않았다고 누구도 나를 사랑하지 않는 것은 아닐 것이다. 반대로 누구에게도 사랑받지 못했다고 아무도 사랑하지 않고 살았다고 할 수도 없다. 사랑은 하고 싶다고 곧바로 이뤄지지도 않는다. 하기 싫다고 거부해도 소용없다. 사랑은 의지의 문제가 아니라 본능의 문제이기 때문이다.

인간은 태생적으로 혼자서 살아갈 수가 없다. 텔레비전에서 자연인에 관해서 나오면 문득 나도 저렇게 살아볼까 하고 문득 생각해 본 적도 있다. 그러나 그런 삶을 살아가기 위해서는 나 이외의 모든 것을 포기해야 한다. 관계의 근본적 청산이 없이는 시도할 수가 없다. 자연인들도 완전한 자기청산을 이룬 것 같지는 않다. 화면에 보여지지는 않지만, 의식주를 완전히 혼자서 해결할 수 있는 시대가 아니다. 생활은 홀로 하고 있을지 모르지만 필요한 것들을 구비하는 과정과 지속하는 과정에서 반드시 타인과의 관계가 일정 부분 있으리라 생각한다.

사랑 이야기를 하다가 옆길로 빠진 것처럼 보일지 모르지만 혼자 산다는 것도 기본적으로는 자기애, 즉 자기를 사랑하는 마음이 없으면 안 된다. 자기애도 사랑이다. 기본적이고 최초의 사랑은 자기애다. 자신을 사랑하지 않는 사람은 없다. 자기를 사랑하지 않고는 목숨을 이어갈 수가 없다. 자기에 대한 사랑은 생물학적인 본성이다. 이 기본적 자기 사랑이 타인을 향할 때 관계의 사랑이 성립하게 된다. 따라서 어떤 사랑이든 출발은 자기애로부터 시작한다고 봐야 한다. 살면서 단 하나의 사랑을 하기도 하겠지만 대부분은 하나 이상의 사랑을 하게 된다. 혼자서 가슴앓이를 하는 짝사랑이 사랑의 시발이 되고 첫사랑으로 이어진다. 첫사랑은 이뤄지지 않는다고 한다. 이뤄지지 않는 것이 아니라 혼자 한 사랑이었거나 준비가 없이 시작하게 된 미숙한 사랑이었으므로 미완의 사랑일 뿐이다. 결혼이 사랑의 완결이라는 생각이 이뤄진 사랑과 못 이룬 사랑으로 사랑을 구별해버린 것이다.

모든 사랑이 결혼으로 종결될 수는 없다. 사랑의 관계는 성립과 동시에 이미 이뤄진 사랑이다. 결혼과는 무관하다. 사랑할 때마다 결혼을 해야 한다면 결혼 제도는 뒤죽박죽이 되고 말 것이다. 수없이 많은 결혼을 해야 하고 이혼도 그만큼 해야 할 일이다. 결혼을 했다고 다른 사랑을 하지 않는 것이 아니기 때문이다. 필연적으로 남자와 여자는 끌림을 다수 경험하게 된다. 다만 사회적, 도덕적 가치관과 제도가 사랑을 통제하고 있어 일정선을 넘지 않으려 하게 된다. 호감이라는 감정으로 머물거나 요즘 유행하는 남사친, 여사친의 관계로 적정선을 만들기도 한다. 그러므로 결혼만이 사랑의 완성이라는 말에는 동의하기 어렵다.

사랑을 하게 되면 이성이 약해지고 자아의식이 축소된다. 사랑은 가슴으로 한다고들 한다. 가슴이 뜨거운 사람이 사랑도 잘 한다고도 한다. 그러나 실상은 가슴이 사랑을 하는 것이 아니다. 심장은 우리 몸의 구석구석으로 피를 보내고 다시 되돌려 받는 작용을 하며 생명을 유지하는 작용을 할 뿐 심장이 사랑을 하는 것이 아니다. 가슴은 심장을 상징한다. 따라서 가슴으로 사랑한다는 말은 정확하지 않다. 사랑도 정신적 작용이다. 당연히 뇌에서 비롯되고 뇌의 작동으로 이뤄진다. 이성을 기본으로 하는 뇌가 타인을 자신으로 착각하는 혼란스러워진 상태가 사랑이라는 정신작용으로 나타나게 된다. 그래서 사랑을 시작한 사람은 정신이 온전치 못한 것과 같다. 나보다도 더 상대를 배려하고, 무엇이든 잘 해주고 싶고, 잘 보이고 싶어진다. 나를 희생할 수도 있을 것만 같은 착오에 빠진다. 평소에 꿈꾸었던 이상형이 아니어도, (대부분 이상형과 사랑에 빠지는 일은 드물다), 사랑이라는 정신착란에 빠지면 제 모습을 잃어버린다. 얼굴이 이쁘지 않아도, 몸매가 에스라인이 아니어도, 건장한 근육질의 남자가 아니어도, 멋진 슈트가 어울리는 신사다운 사람이 아니어도 전혀 어울리지 않을 것 같은 둘이서 연인이 되는 것을 흔히 보게 되는 이유다.

그러나 불행히도 이 정신작용은 오래가지 못한다. 사랑은 3개월이면 충분하다고 한다. 시간이 지날수록 본래 자기의 이성이 살아나고 제정신으로 돌아오기 때문이다. 그때부터 보이지 않던 단점이 보이기 시작한다. 한없이 멋지게, 이쁘게 보였던 외모에 결점들이 보이기 시작한다. 의견충돌이 일어난다. 자기가 옳다고 싸움이 일어난다. 내 말대로, 내 하자는 대로 해주지 않는다고 불평이 생겨난다. 그러나 아직은 사랑이란 감정에서 탈피하지 못했다. 타협이 시작된다. 이해해주겠다고 양보를 시작한다. 만나는 동안 정이 깊이 들었다. 이대로 살아도 괜찮을 것 같은 조건이 충족되어 있다. 이별이 두렵다. 이런 과정을 무리 없이 극복해 관계를 지속할 수 있게 되면 비로소 결혼이란 공동체를 구성하는 합의에 도달하게 된다.

사랑이라는 아름다운 관계를 비판적, 기계적으로 본 글이라고 할 수도 있을 것이나 불편한 진실을 진실이 아니라고 할 수는 없다. 그럼에도 불구하고 사랑은 아름다운 것이다. 사랑 없이는 삶이 의미가 없다. 뜨겁게 사랑하며 살아야 한다. 사랑이 없는 세상이란 상상할 수가 없다. 인류의 시작부터 사랑은 가장 큰 존재의 의미였으며 혹시 다가올지도 모르는 인류 최후의 날까지도 사랑은 불멸의 감정일 것이다. 우리의 DNA 깊숙이 사랑이라는 전달체가 유전되고 있기 때문이다.

다르게 품은 버킷리스트

버킷리스트는 살아가는 동안 꼭 해보고 싶으나 쉽지 않다고 생각하면서도 떨칠 수 없는 간절함을 담은 일이나 행위를 적어보는 자기 충만의 방법이다. 남아 있는 삶의 시간 동안 이뤄질 수도 있고 그렇지 못할 수도 있다. 그러나 어떤 것인가에 대하여 꿈을 꾸며 산다는 것만으로도 삶의 시간을 열중할 수 있도록 충전시켜 준다는 것은 기분 좋은 일이다. 버킷리스트를 적어보라고 하면 적는다는 것을 하기 이전에는 그렇게 하고 싶은 일이 많고 가고 싶은 곳이 많았다고 생각하고 살아왔으면서도 막상 백지 위에 쉽게 적어나갈 수가 없다. 가장 자신에게 소중한 것이 무엇인가 열 가지만 적어보라고 하면 가족, 돈, 사랑, 건강, 친구, 일. 대표적으로 대부분 이렇게 적어놓고는 망설이기 시작하는 것처럼. 자신에게 진정으로 소중한 것이 무엇인지에 대한 막연함만을 품고 살다가 직접 표현해 보라고 하면 정말 막연해져 버리는 것이다. 정말 소중한 자신(나)

을 제일 먼저 적어내지 못하는 것처럼 진짜 열망하는 것이 무엇인지가 막막해지기 때문이다. 버킷리스트는 모두가 가지고 있지만, 모두가 다르다. 혹 같은 생각을 가지고 있을지는 몰라도 구체적인 방법과 모양까지 같다고는 할 수 없다. 삶을 살아온 방식이 다르고 생각의 방향이 다른 개개인이 똑같은 꿈을 가지고 있다고 볼 수는 없는 것이 당연하다. 그러나 하고 싶고 닿고 싶다는 열망만은 같을 것이라는 것은 인정해야 할 일이다.

나만의 버킷리스트를 적어 본다. 머릿속이 즐거운 상상으로 복잡해진다. 할 수 있을까라는 망설임은 일단 젖혀놓는다. 한계를 지어놓으면 막상 적을 것들이 많지 않기 때문이다. 할 수 있을 것인지, 해야 할 것인지에 대한 미래의 제약은 일단 걷어내고 순전히 하고 싶은 마음에만 집중해 리스트를 적어본다. TV 홈쇼핑 여행상품에 나오는 세계의 아름다운 여행지들이 파노라마처럼 떠오른다. 쇼호스트의 화려한 유혹이 이어지고 환상적인 풍광이나 환영 같은 건물과 거리들의 영상이 마음을 설레게 한다. 가보고 싶다는 열망이 불끈 솟아난다. 체코, 중국, 터키, 미국, 일본 기타 등등의 패키지 여행 상품들. 그러나 내 삶의 의미를 부여할 수 있는 어떤 곳을 확정할 수가 없다. 유명관광지로의 여행은 진실로 하고 싶은 것이 아니었다는 결론을 내리고 다른 것으로 방향을 전환한다. 로또 1등에 맞는 것이라고 적어 놓았다가 지운다. 거액의 복권에 당첨되어 일시에 풍족해진다고 죽는 순간까지 행복감을 줄 것 같지는 않다. 두어 달 아무것도 하지 않고 아무 것도 걱정하지 않고 숲속 통나무집에서 살아보기. 적어놓고 보니 괜찮다. 지금으로서는 하지 못할 형편이지만 곧 현실로 만들어 낼 수가 있을 것 같아 더 와 닿는다. 김경진하고 내 이름을 검색하면 포털사이트에 검색이 되고 누구나 암송하는 대표 시 하나 쓰기. 누구나 오래 간직할 수 있는 책 한 권 쓰기. 그리고, 그리고 쓰기가 망설여지는 시간이 길어진다. 막상 리스트를 적어보려니 나도 별수 없다. 펜대만 손가락 사이에서 돌리는 시간이 길어진다. 즐겁게 시작한 일이 엉뚱하게 스트레스가 된다. 죽기 전까지 꼭 해보고 싶은 것이 별로 없었거나 나를 소중하게 대하며 살지 못했거나 아직 죽음이란 시간을 통찰하고 싶지 않았기 때문이다.

내가 정말 하고 싶은 것이 뭘까. 오로지 나만을 위한 일, 오직 내 삶의 보람을 안고 마지막을 즐겁게 맞이할 수 있는 일. 버킷리스트에 여러 가지를 적어놓기 위해서 머리를 이리저리 굴릴 필요가 있는 것인가? 단 한 가지라도 진실로 원하는 바가 있다면 버킷리스트는 완성된 것이 아닐까? 단 하나의 버킷리스트를 적어보기로 한다. 여러 가지를 할 수 있다고 만족감이 그만큼 더 많아질 것 같지는 않다. 간절하고 절박한 한 가지를 이루고 이루기 위해서 사는 것이 가장 완벽한 만족을 줄 것이란 믿음이 생겨난다.

〈제주도 세화바다에서 종달리로 이어지는 해안도로가 보이는 언덕에 작은 집을 짓는다. 오고 가는 사람들이 쉬었다 갈 수 있는 북카페를 꾸민다. 바다가 보이는 창가에 책상 하나, 안락의자 하나 놓을 나만의 작은 작업실을 만든다. 글을 쓰며 지나가는 바람 소리로 노래를 듣고 푸른 파도로 배를 불리며 블랙커피를 마시면서 시간의 절박함에서 비껴나 그렇게 깊은 자유를 붙잡고 산다.〉

적어놓으니 제법 구체적이다. 이룰 수 있을 것 같다. 더 간절히 하고 싶다. 진정으로 내가 꿈꾸는 삶의 모습인 것 같다. 다만 딸들을 자주 볼 수 없을 것 같아 아쉽기는 할 것이지만 나에게도 나만의 꿈을 이루고 싶다는 것을 이제는 당당히 드러내놓아도 될 것이다.

눈을 감아 본다. 머릿속에 그림을 그려낸다. 제주의 푸른 바다가 끝없이 펼쳐져 있다. 소금기를 머금은 바람이 진득하게 불어온다. 마당에는 소철이 한 그루 제법 굵직하다. 귤나무에 귤이 주렁주렁 열려 있다. 돈나무가 낮은 돌담

위로 그늘을 드리워낸다. 털머위 꽃이 숭숭 구멍 뚫린 현무암 사이에서 샛노랗다. 뒤란에는 협죽도가 붉은 꽃을 피운다. 창 밑에는 수국이 오색찬란하다. 산책 나가기를 기다리는 은빛 자전거 한 대, 오가는 사람에게 꼬리를 흔드는 흰 강아지 한 마리, 햇빛을 피해 그늘에 배를 하늘로 향한 채 누워 있는 게으른 고양이 한 마리. 나는 돋보기를 코에 걸치고 망연한 눈빛으로 풍경 속으로 들어갔다 풍경이 되어 나오지 못하고 커피에 홀려 있다.

정지와 움직임

나에게 부탁한다. 이제 정지해도 된다고 애쓸 필요 없다고. 지고 있는 짐 내려놔도 된다고.

한 줌의 미련으로 살아왔고 순간의 힘으로 나를 밀어 올리며 나는 내려오기를 거부했다. 내가 하고 싶은 것들은 어느덧 사라지고 나는 나 아닌 다른 존재가 되어버렸다. 꿈꾸던 시절이 언제였는가. 나의 꿈이란 것이 지금은 있었는지도 모르게 나는 나를 잊고 살았다. 그렇다고 이제 와서 내 꿈이었다고 내세울 거창함도 없다. 등지고 살아야 할 일이 있다면 이제 등지고 무거웠다면 이제 벗어도 될 것이다. 작은 생활의 희망도 앞뒤를 생각해야 하고 주춤거리고 있음에 저절로 한숨이 새어나온다.

어디든 떠나고자 했으나 갈 곳이 없는 삶을 살았다. 아니, 갈 곳을 잃어버린 것이다. 나는 내가 아니게 되어버린 것이다. 자기 자신을 잃어버린 생활의 덫에 걸려서 주변을 살피는 것에 익숙해져 정작 삶의 주체인 나를 망각한 것이다. 내가 좋아하는 것보다 나를 좋아해줄 범위에 나는 스스로의 감옥을 만들어 갇혀있었다. 갈 곳이 생각나지 않는다니, 어디든 가고 싶은데 혼자서라는 두려움에 가지를 못한다니. 내 삶의 주인은 내가 아니게 된 삶에 나는 절여져 버린 것이다.

누구를 탓할 수도 없다. 생각해보니 내가 나를 그렇게 구속시켰을 뿐, 내가 그렇게 되어줄 것을 요구한 사람은 하나도 없다. 이제 와서 서운하다고 왜 알아주지 않느냐고 투덜거려야 대답해줄 사람도 없다. 내가 만든 굴레에 갇힌 것은 내 선택이었기 때문이다. 그 선택을 후회하기엔 너무 멀리 왔고 늦었다. 보상을 바라고 그랬는가 싶다. 특별한 보상이었을 것이다. 내 삶의 희생에 대한 관심, 얼마나 큰 보상인가. 그러나 그 특별한 기대는 거품과도 같은 것이었음을 이제 안다.

나에게 나는 나만이 등을 어루만져줄 수 있는 유일한 존재라는 것, 내가 나를 존중하지 않고는 진실한 가치를 찾아갈 수 없다는 것. 나에게 말한다. 지나치게 잘하며 살려고 하지 말자. 흐트러지지 않기 위해 나를 뒷전으로 밀어놓지 말자. 내가 없으면 세상도 없고 사랑도 없다. 잘살기 위해 살지 말고 잘 느끼고 잘 보고 후련하게 살자. 나에게 지금보다 조금만 더 잘해주며 살도록 하자.

죽도록 움직이며 살았으나 1mm도 움직이지 못하고 그 자리에 있었다. 내가 없는 삶에 움직임은 허상일 뿐이었다. 숨 가빠 움직인 것이 실상은 제자리걸음이었다. 숨만 찼다. 단 한 걸음도 나아가지 못하면서 땅만 울리며 헛발짓만 했다. 팔을 흔들며 걸음을 뗀 만큼 이제는 앞으로 가자.

흐름을 따라

멈춰있는 것은 아무것도 없다. 시간은 모든 것을 변화시킨다. 고정되어 있는 가구나 건물도 시간을 따라 낡아가고 사람은 늙어간다. 정지해 있다고 해서 멈춰있다고 말할 수 없다. 움직일 수 없을 뿐 소리와 진동과 바람으로부터 동력을 전달받아 자신을 미세하지만 쉬지 않고 이동해 가고 있는 것이다.

겨울이 바람을 더 불고 견고하게 지키고 있는 섬진강을 따라 멈출 수 없는 생의 시간을 맡겨보았다. 임실의 강진면에서 시작해 순창의 향가리까지 섬진강 최상류의 강폭은 좁고 구불거렸다. 동계면 장군목과 적성면 적성강은 수많은 시간을 품어온 증거처럼 돌과 바위들이 물결무늬를 몸에 새기고 있었다. 갈대와 억쇠가 뒤섞여 서로의 몸을 부비며 서걱이는 강가에는 물오리 떼들이 차가운 온도에도 아랑곳하지 않고 살기 위한 자맥질을 쉬지 못하고 있었다. 강물은 어디 한 곳에서도 멈춰있는 법이 없이 흐름을 계속했다. 흐르지 못하면 강이 아니다.

흐름이 빠른 곳에서는 좀 더 걸음에 속력을 가하며 강물을 따라 흐름을 같이 했고 흐름이 느린 곳에서는 강둑에 엉덩이를 걸치고 앉아 바위처럼 내 심장에 물결무늬를 그려보기도 했다. 강바람이 심장에 무늬를 내며 들어왔다 나갈 때마다 내 속에도 강줄기가 무수히 뻗어서 나를 다른 시간을 향해 흐르도록 하고 있다는 것을 느꼈다. 흐르지 못하면 나도 내가 아니다.

내 탯줄을 자른 유등면 고뱅이에 다다라서는 유년의 기억들을 떠올리며 이방인으로 세상에 와서 이방인으로 머물다 가야 하는 삶일지라도 태어남에 숙연해지기도 했다. 적성강을 지나면서부터 강폭이 넓어지기 시작해 고뱅이에 이르러서 섬진강은 강다운 규모를 이룬다. 수량이 많아질수록 흐름은 느려진다. 밀집은 자신의 속도를 희생하게 만든다. 어울려 조화를 이뤄야 아름다운 흐름을 지속할 수 있기 때문이다. 먼저 가려 오기를 부리거나 늦게 가려 태만을 부리면 강 중심에서 쫓겨나 강가상으로만 다녀야 한다. 그러나 강은 강이다. 어울리지 않는다고 완전히 배척하지는 않는다.

강둑이 사라진 지점에서는 운동화에 논흙을 두껍게 붙이며 농로 길과 논둑길을 걸으며 강가를 따라 펼쳐진 넓지 않은 평야를 보며 수많은 목숨들을 먹여 살려낸 땅의 힘에 감사했다. 까마귀들이 벼의 그루터기 사이를 누비며 낙곡을 찾아 논바닥을 헤집고 신작로를 따라 전봇대가 마을과 마을을 이어주고 있는 유등면 외이리와 풍산면 대가리 사이의 평야는 산과 강이 잠시 쉬어가는 분지일 테지만 사람들에게는 생명을 유지시켜주는 안식처다. 사람들이 없는 겨울 들판을 뚜벅뚜벅 걸으며 강물의 흐름처럼 평야에서는 바람이 흐르고 있음을 바람의 결을 느끼며 알 수 있었다.

강물이 멈출 수 없는 것은 뒤를 따라오는 새로운 물에게 자리를 내주어야 하기 때문이다. 자신이 지나가야만 새로운 생명들이 들어차고 다시 나아갈 것이기 때문이다. 느림과 빠름을 지형에 따라 반복하면서 강물은 자신을 단련시키고 바다에 합류한다. 나의 시간도 그렇게 멈추지 못하고 흘러갈 것이다. 향가리에서 섬진강은 곡성을 향해 몸을 튼다. 이곳엔 일제의 흔적이 고스란히 남아있다. 수탈을 위해 철도를 놓으려고 향가터널을 뚫고 섬진강을 건너는 철교를 놓으려다 해방으로 인해 공사가 중단된 채 흉물처럼 오래도록 방치되어 있었으나 지금은 관광지가 되어있다. 어린 시절 이곳을 행가리라고 불러서인지 향가리보다는 아직도 행가리가 더 정겨운 이름이다. 다리를 놓으려고 세운 기둥에 상판을 올려 자전거 도로를 만들었다. 적성강에서 시작한 자전거도로가 비로소 향가리에서 끝이 난다. 꽃이 피는 봄이 오면 자전거를 타고 시원한 강바람과 어울리며 섬진강과 다시 한번 눈 맞추는 한나절을 보내야겠다.

흐름을 따라가는 것, 흐름에 순응하는 것. 이제는 그래야겠다. 지나친 열정과 열망이 자신을 망치기도 한다. 너무 잘하려고 할 필요도 없다. 모든 것을 뜻대로 이루려고 할 필요도 없다. 되는 것은 되도록 도와주고 안 되는 것은 놔주도록 하며 살자. 행복하다고 여기며 사는 사람도 불행하다고 비관하는 사람도 죽기는 매한가지다. 돈이 많은 사람도 돈이 없는 사람도 역시 죽는다. 성공한 사람도 덜 성공한 사람도 사람이라면 죽음을 피해가지 못한다. 다만 언제, 어떤 식의 죽음을 맞이하는 가는 다를 테지만 너무 잘 살려고 욕심부리다 허무하게 죽지는 말자. 흐름이 끝나는 시간이 죽음을 맞이하는 시간이다. 흐름에 있는 동안 자신이 가장 좋아하는 일과 해서 즐거운 일을 하며 살자. 나에게 최선을 다해 잘해주며 살도록 하자. 가장 자연스러운 흐름을 타는 것은 자신의 마음결을 타는 것이다.

제2장

눈물은 정말 뜨겁다

봄비를 맞이하며

바람이 그쳤네요

바람이라고 불기만 하겠습니까

빗물 속에 몸을 감추고

축축이 젖고 싶었나 봅니다

봄을 섞어오는 비를 맞이하며

나도 그대에게만 불어가던

그리움을 잠깐 멈춰봅니다

젖은 바람처럼 쉬고 싶은 겁니다

끝나지 않을 길을

한없이 가려는 방법입니다

눈물은 정말 뜨겁다

전화기 너머에 목소리가 들리기도 전에 목이 막힌다.

"응, 또 우는 거야? 우리가 기운 내야지. 울지 마아~~"

작은 아이의 뒷소리도 젖어있다.

울지 않고 배겨날 수가 없는 걸 어떻게 하겠냐. 소리 지르며 통곡도 못하며 가슴이 뜨거워지도록 눈물을 안으로 눌러서 우는 울음을 운다고 할 수나 있는 것인지. 찔끔찔끔 눈가를 적셨다 이러지 말자, 이러지 말자 다독임에 한 템포 후퇴를 하는 눈물이 천근의 무게보다 무겁다.

아직 모든 희망이 끝난 것은 아니다. 방도가 있을 것이다. 손 놓고 죽음 앞에 무릎을 굽혀버릴 수는 없지 않은가. 웅얼웅얼 입속으로 맹세 같은 다짐을 마음에 침을 꽂듯 꽂아놓는다. 인명은 재천이라고 했지만, 하늘이 언제 사람의 편이었던가. 하늘은 모진 시련으로 사람의 살아감에 도전의 정신을 강요하고 사람의 고통을 묵묵히 즐기는 실체 없는 존재였다. 하늘을 향해 기원 같은 것은 하지 않겠다. 사람이 할 수 있는 모든 일을 다하여 하늘을 이겨내야만 한다.

"엄마는 어쩌구 있어? 엄마도 많이 울지? 아빠……. 아빠……."

작은 아이의 목소리가 전화기 멀리에서 메아리처럼 가슴을 들이받았다 멀리 퍼져나간다.

밤하늘에 달은 휑하니 빛을 뿌리고 나는 부들부들 떨리는 손으로 안간힘 다해 딸아이의 목소리 끝을 잡고 있다.

살아가고 있는 이유가 무엇일까. 무엇 때문에 악착같이 목숨 줄을 잡고 있는 것일까. 대부분의 삶들은 특별하지 않고 특별한 이유를 들어 단정하는 것도 무의미할지도 모른다. 거창하게 나라와 민족의 무궁한 발전을 위해 살아간다고 하겠는가. 소속된 단체의 영속적인 번영에 기여하기 위해 살아간다고 하겠는가. 아닐 것이다. 표면적인 생존전략의 드러냄 일 뿐 자신과 가족과 사랑하는 사람의 안위를 지키며 하루하루 나에게만은 불편부당함이 오지 않기를 바라며 사는 것이 정확한 이유라면 신뢰도가 오히려 높을 것이다. 내가 없으면 아무것도 없는 것이다. 사랑하는 사람이 없으면 세상이 무슨 의미 있는 터전이겠는가.

고통에 적응해가는 아내의 얼굴에 체념의 미소가 어리는 것을 볼 때면 세상의 끝을 보는 것 같다. 창문을 열어놓고 멀리 보이는 풍경을 멍하니 바라보는 아내의 뒷모습을 바라보면서 심장이 떠질 듯 가슴이 탄다. 아직……. 낮게 중얼거리며 나약해지려는 마음을 후벼 판다.

아프면 참지 마라

모두가 다 아프다는 말은 하나도 위로가 되지 않는다. 전부가 다 아플지라도 나의 아픔에 비견되지 않는다. 모두의 아픔이 나의 아픔이 될 수는 있어도 나의 아픔이 모두의 아픔이 되지는 않는다. 나의 아픔은 오롯이 나만의 것이 되는 것이 일생의 법칙이다. 아무리 가까이에 있는 이가 있어도 온전하게 그 아픔을 나누어 공감할 수는 없다. 다만 함께할 수 있다는 위안이 돼서 아픔을 극복하려는 마음의 자세에 힘을 더할 수가 있다. 누군가 나의 아픔을 나누어 가지고 갈 것을 기대하지 말아야 한다. 나는 나를 책임질 수 있는 이 세상에서 유일한 존재다. 그러므로 나의 아픔이 누군가로부터 비롯되어 나를 덮친 불합리한 것이라고 탓할 이유도 없다.

그래서 나를 내가 책임지려면 책임자다워야 한다. 아파도 이를 악물고 참기만 한다고 아픔은 결코 사라지지 않는다. 아프면 비명을 지르고 몸부림을 쳐라, 그래야 오히려 아픔이 덜어진다. 아프면 참지 마라. 참는 것이 바보스러운 것이다. 책임은 나를 숨기거나 인내하라는 것이 아니다. 내가 할 수 있는 모든 것을 다하고, 내가 해도 되는 모든 것을 다해서 아픔을 극복하라는 것이다. 앓아누워야 할 때는 앓아눕고 미친 듯 소리쳐야 할 때는 그렇게 하고 넋을 놓고 멍청해져야 할 때는 세상에 그 누구보다도 멍청해질 필요가 있다. 정직할 필요도 없다. 직선의 길을 고집할 이유도 없다. 착하게 살아야 할 필요도 없다. 아프면 아프다고 표현을 하고 타인을 위한다는 명목으로 참지 마라.

너의 아픔에 나는 길들어 가고 있다. 아픔이 장기화될수록 지쳐가기보다는 누적된 아픔들이 바닥이 보이지 않는 슬픔이 되어서 마음에 딱지가 졌다. 오늘은 어떤 고통이 너를 힘들게 할까, 지금은 얼마나 큰 세포의 파장들이 몸 밖으로 빨려 나가고 있는 것일까. 너를 보다가 너에게서 일어나는 변화들이 나에게 전이되어 가슴이 찌릿거린다. 너의 고통을 나로서는 다 가늠할 수가 없다. 그러나 한 곳을 바라보며 무한한 동의를 보낼 수가 있어서 다행이다. 사람이 사람에게 전달할 수 있는 언어 중에 가장 사람다운 말이 다행이라는 말이 아닐까 생각하게 된다. 다행이란 말을 전달할 수 있어서 다행이다.

너의 아픔이 다 나의 아픔이 되지는 못한다. 다만 너의 아픔에 미치지 못하는 아픔으로도 나 역시 아프다. 그리하여 소리 내어 울어보기도 한다. 몸을 비비 꼬며 삐걱거리는 뼈들의 비명을 듣기도 한다. 시간이 멈추지 않는 한 너의 눈물 속으로 여전히 나는 가고 있다. 우리가 함께 참지 못할 아픔에 깊숙이 들어가 있기 때문이다.

선글라스

부끄러워일까요. 멋 부리는 걸까요. 아닙니다. 감추고 싶은 겁니다. 선글라스를 그래서 좋아하나 봅니다. 나를 감출 수 있는 가장 좋은 도구라서 누구나 선글라스를 한 두어 개는 가지고 있습니다. 갖고 싶어 합니다. 패션 아이콘이라는 단어로 포장이 되고 또 그렇게 통용이 되지만 사실 가장 본격적인 이유는 눈을 가림으로써 자신의 속마음을 드러내지 않고 싶다는 것을 부정할 수는 없습니다.

눈은 거짓을 말하지 못합니다. 목울대를 넘어 나오는 소리는 그때, 그때 달라서 믿을 수 없고 양팔을 벌려 거칠게 포옹을 해도 행위 뒤에 도사리고 있는 진실한 의도는 알 수 없지만 오로지 눈으로는 자신을 달리 포장할 수가 없습니다. 자신 있게 거짓의 계획을 실행했다고 해도 자신을 속일 수가 없는 것이 눈입니다. 나는 사람을 눈동자로 판단합니다. 진정으로 사랑하는 사람의 눈동자는 흔들림이 없습니다. 확신에 찬 사람의 눈동자는 강렬하게 빛을 냅니다. 떳떳함에 들어있는 눈동자는 뚜렷하게 상대방의 눈동자를 받아들입니다. 눈동자는 절대로 가장할 줄을 모릅니다. 약간의 속임이라도 있다면 눈동자의 떨림을 바로 느낄 수가 있기 때문입니다. 나는 나를 속이고 싶을 때면 반드시 선글라스를 씁니다. 눈을 가려야 하기 때문입니다. 내 눈동자도 익히 거짓을 숨기지 못한다는 것을 지극히 알고 있기 때문입니다. 그런데 오늘 아침엔 속일 일도 없는데 선글라스를 꼈습니다. 가을 햇살이 너무나 눈부셔 맨눈으로는 바라볼 수가 없었습니다. 왜 그리 부끄러워지는지 이유를 찾을 수가 없었습니다. 내 삶도, 순간 순간의 생활도 모두가 허점투성이였습니다. 똑바로 햇살에 노출하고 있다는 것이 수치스러웠습니다. 이유는 알 수가 없습니다. 유독 오늘 그렇다는 것이 문제였던 것입니다.

그래서 가장 크고 색깔이 진한 선글라스를 찾아서 얼굴의 반을 가렸습니다. 미안합니다. 잘못했습니다. 그냥 이런 말을 하고 싶었나 봅니다. 찔끔찔끔 눈물이 나서 선글라스를 살짝 들추고 손등으로 눈물을 훔쳤습니다. 손등에 묻어나오는 습기가 급히 증발합니다. 짭조름함이 후각을 자극합니다. 다 가을 탓입니다.

살면서 부대끼는 일들이 많습니다. 피하고 싶고 나에게 왜 이런 일들이 일어나는지 원망하는 마음이 급속히 일어나기도 합니다. 그러나 한번 일어나버린 일은 저절로 나를 옭아매고 겹매듭을 만들고야 맙니다. 나를 풀어줄 생각이 전혀 없는 것이 됩니다. 풀려다 보면 더 얽히고 꼬여 매듭이 복잡한 뭉치가 되어버립니다. 그럴 때마다 절망하기보다는 숨고 싶어집니다. 절망은 나를 그래도 충분히 사랑하고 있다는 증거겠지만 그마저도 싫습니다. 나를 나로부터 분리해내고 싶어지는 것, 그것이 숨는다라는 숨바꼭질로 나를 유혹하는 것이지요.

문제를 해결하고 문제에서 빠져나가는 것이 가장 좋은 해답이 되겠지만 그렇게 쉽게 풀릴 문제라면 애초부터 문제가 아니었을 것입니다. 숨는다는 것, 도망이 아닙니다. 문제로부터 나를 가려버리는 것입니다. 해답도 필요 없고 절망도 이유 없어지게 만들어 버리는 것이지요. 보이지 않는데 문제가 문제로 남을 일 없겠지요. 나는 그렇게 나를 옥죄는 일들로부터 나를 파묻어버리는 겁니다. 그래서 선글라스를 끼면 벗기가 싫어지는 것입니다.

보고 싶은데 겸연쩍어서 직시하지 못합니다. 한 방향을 향한 응시의 눈에는 애절함이 말도 못하게 진하게 서려 있기 때문입니다. 그대를 향해 돌아서지 못하는 눈동자를 가려야 합니다. 그래야 더 많이, 더 오래도록 볼 수가 있습니다. 검은 렌즈 뒤에 내 눈자위는 여전히 붉어져 있지만, 그대는 절대 내 뜨거움을 알 수가 없을 것입니다. 뚫어질 듯 그대만을 바라보는 내 눈의 충혈을 나는 들키지 않아서 안도를 합니다. 내 절절한 맘을 나는 그렇게 선글라스에게 이전을 시키고 있는 겁니다. 사랑해요 당신, 그러나 그 마음에 색깔을 칠해놓았어요. 알아차리지 못하도록, 투명해서 보임이 보임으로부터 거치적거리지 않도록.

몸과의 대화

어깨의 한 지점에서 시작한 통증이 등과 목 전체로 번지고 다시 등 가운데로 몰렸다가 상반신 전체로 퍼졌다. 움직임이 고통 그 자체가 되었다. 누었다 일어날 때도, 앉았다 몸을 일으킬 때도 각양각색의 신음이 교향곡처럼 입과 콧소리로 웅장하게 나왔다. 급살을 맞는다는 말을 자연스레 떠올리며 살을 맞는다는 것이 이런 것일 것으로 추측하게 된다.

고통은 전체적으로 시작되지 않는다. 작은 일부분에서 발화되어 영역을 넓혀 간다. 고통의 씨앗이라 말해도 될 듯하다. 작은 씨앗이 발아해 잎을 틔우고 줄기를 밀어 올리고 꽃을 피우고 열매를 맺듯 고통도 시작은 작으나 몸통을 이루고 절정의 열매를 맺게 되면 견뎌내기 버거워진다. 그러나 열매를 맺으면 다시 씨앗을 만들어 내고 잎이 떨어지고 줄기가 시들어 가는 것처럼 고통도 마지막이 가장 치열하다. 주사를 맞고 약을 먹는 것은 마지막을 최대한 빨리 빠져

나오게 몸의 기능을 끌어올리는 것에 지나지 않는다.

하루가 지나고 이틀째 몸속까지 침범한 통증으로 호흡마저 힘겨워졌다가 사흘째가 되자 허파에서 조금씩 고통에 절인 공기의 잔해들을 몸 밖으로 밀어내기 시작했다. 나흘째 통증을 등의 한 지점으로 몰아붙이는데 성공했다. 몸의 자가치료가 가속도를 붙이고 있다는 것을 실감한다. 심호흡이 조금씩 편해진다. 아마도 내일쯤이면 어깨의 잔 결림으로 고통의 강도가 축소될 것이다.

종종 찾아왔다 강력한 메시지를 남기고 종적을 감추는 고통은 함부로 살지 말라는 경고다. 몸이 나에게 전하는 말이다.

건강검진 결과를 상담받으러 내원하라는 전화를 받았다. 더럭 겁도 나고 짜증도 나서 오늘내일 죽을 상황이 아니라면 전화로 말해달라고 전화기에 공연히 화풀이를 했다. 몸의 균형이 무너지고 있음은 오래전부터 스스로 알고 있는 일이지만 막상 결과에 대한 불편한 사실을 통지받으러 가자니 화가 치밀어 오는 것은 생각해보면 나에 대한 나의 외면이다. 폐기종, 간 기능 저하, 위염 그리고 담낭의 용종으로 최소 6개월에 한 번씩 정기적인 검사가 필요하단다. 몸의 근육량이 부족해 활동성에 문제가 생길 것을 우려해야 한단다.

몸이 퇴화하여 간다. 세월을 따라 세포의 기능들이 나태해져 가는 것을 막을 수는 없다. 그래도 사는 날까지는 통증을 통해 몸이 나에게 대화를 시도할 때마다 적극적으로 응해줘야겠다는 생각을 한다.

잊지 말아요

수북이 앉아 굳어가는 먼지처럼 낱낱이 미세한 것들도 쌓여 뭉치면 덮지 못할 것이 없다는 것을 잊지 말아요. 처음엔 보잘것없이 존재감도 없지만, 시간이란 놈과 결탁해 먼저 내려앉은 놈 위에 덮치고 덮쳐 두께를 만들면 쉽사리 닦아지지 않는 귀찮은 집합체가 되어 힘깨나 쏟아부어야 제거할 수 있다는 것을 잊지 말아요. 작아서 미처 신경 쓰지 못한 것이 힘을 합하면 어느새 덩치가 굳세져 우리 앞을 막아선다는 것을 잊지 말아요. 우리가 잃어버렸다고 생각하고 있는 희망도 그렇게 작은 것들이어서 알지 못하는 사이 모양을 갖추고 힘을 내고 있다는 것을 잊지 말아요.

풍경액자

그림 속의 풍경은 항상 아름답다. 아름답지 않은 그림을 걸어놓고 늘상 들여다볼 배짱을 갖은 사람은 그리 많지 않다. 아무리 유명한 화가의 그림일지라도 눈에 거슬린다면 가장 잘 보이는 곳에 놓고 싶지는 않을 것이다. 그럼에도 불구하고 아이러니하게도 값비싼 사치는 보이는 곳보다 보이지 않는 곳에서 먼지를 뒤집어쓰고 있는 경우가 더 많다. 귀한 것을 독점하려는 이기적인 욕망이 그렇게 만든다.

아침에 눈을 비비고 커튼을 들춘다. 베란다 창문을 열자 쏟아져 들어오는 새로운 날의 바람과 산 그림자 속에 가득한 푸른 녹음이 거대한 화폭에 담겨 있다. 내가 날마다 창밖에 걸어놓은 그림이다. 자연만이 유일하게 나를 위해서 매일 매일 다른 채색을 하고 구도를 변화시키며 세상에서 가장 아름다운 그림

액자를 선물한다.

고맙다.

살아오면서 지끈거리는 머리를 쥐어뜯었던 때가 만만치 않게 많다. 불콰해진 눈두덩을 손바닥으로 가리며 심장의 울렁임을 진정시키려 했던 시간도 적지 않았다. 그러나 그보다는 생각하면 할수록 고마운 순간들이 많았다는 것을 소홀하게 대할 수가 없다. 서운했던 일들이 많으면 많을수록 불쾌했던 기억들이 떠오르면 떠오를수록 아름다운 이야기들을 간직하고 있던 마음의 보따리에서 하나씩 풀려나 온 사연들 혹은 정황들이 나를 위로해주고 토닥여 준다. 지치지 않고 살아온 힘의 원천이었다는 것을 새삼 아침 창가에 서서 고마워한다.

아름다웠던 일들이 나를 살아가게 한다.

아름다우리라 여겨지는 기대가 나를 더 살아가도록 힘을 내게 한다.

고마운 일이다.

새로운 하루를 시작하도록 풍성한 바람이 불고 빛이 현묘하게 산란하고 콧노래처럼 밤꽃 향기가 그윽한 풍경 액자 속으로 들어간다. 누구나 누릴 수 있는 그림 감상이지만 마음을 열지 않으면 액자 속으로 빠져들어갈 수는 없다. 풍경 액자 속에 한 점처럼 나도 들어가 서본다. 온몸에 바람이 물감을 푸르게 칠해놓는다. 오늘 나의 색깔은 푸름이다.

외로움이란 동굴

인간이란 존재는 본래가 외롭다고 한다. 그래서 산다는 것이 힘들다고 한다. 정말 그럴까, 혼자 왔다가 혼자 가는 것이 인생이기 때문에 그렇다고도 한다. 중요한 결정을 해야 할 때 주변의 조언을 들을 수는 있어도 결국 결정자는 자기 자신이므로 자신을 책임지는 것은 결국 자기 혼자라서 본능적으로 외로운 거라고도 한다. 다 맞는 말이다. 어머니의 뱃속에서 우렁찬 울음을 토해내는 것이 태어남에 대한 환희의 환성이 아니라 이 세계를 향해 홀로라는 짐을 지는 고역의 비명이라서 생의 첫걸음부터 어쩌면 인간이란 자신의 생명에 깃든 외로움을 안고 살아가야 할 운명을 지니고 있는 것인지 모르겠다.

살면서 외로움은 삶의 동반자와도 같이 늘 따라다닌다. 영원히 외로움에서 벗어날 수 있는 방법은 사실상 없다. 누구나 외롭다. 외롭지 않은 사람은 사람이 아니다. 힘들고 지칠 때면 증상은 더 심해진다. 사람들은 아무도 없는 동굴속 같은 곳을 무의식적으로 찾아 들어가 가장 안전한 치유 처라도 되는 것처럼 숨을 막고서 울기도 하고 멍한 시간을 보내기도 한다. 아무도 도움이 되지 않는다는 생각이 지배적 이유가 되는 순간 어쩌면 인간은 가장 외로운 상태일 것이다.

나는 종종 나만의 동굴로 들어간다. 챙겨갈 비상식량도 필요 없다. 든든히 입고 갈 여분의 옷도 필요 없다. 그저 그 상태 그대로 곧장 들어가고 싶은 생각이 들면 들어가 버리면 된다. 나의 동굴엔 아무것도 없다. 다만 캄캄함만이 있을 뿐이다. 그 캄캄함이란 고요의 다른 이름이다. 일체의 소음을 배제한 공간이다. 그렇다고 일정한 공간을 의미하는 것도 아니다. 어디든 상관도 없다. 혼자 있고 싶을 때, 혼자 있어야 할 때 마음이 동하는 순간 눈을 가만히 내려 감을 수 있는 곳이면 그곳이 나의 동굴이 된다.

나는 그 동굴에서 눈을 감고 나를 관조한다. 가장 외로움이 깊을 때가 가장 자신을 돌아보고 재구성을 하기에 좋은 시기다. 나에게 외로움은 두려움이 아니라 나를 다시 세상으로 나아가기에 적당하게 변화시키는 일상의 건강식품과도 같다고 할 수 있다. 외로움은 병이 아니다. 외로움을 거부하거나 외로움에서 멀리 떨어져 있으려 힘쓸 필요도 없다. 외로움 속에서 외로움의 원인을 찾아내고 그 외로움의 근원을 사랑하려고 한다면 외로움은 자신을 새롭게 정의 지을 수 있는 중요한 동반적 지지 관계가 될 것이다.

나는 외로움을 사랑한다. 외로움의 상태 속에서 사색을 하고 글을 쓰고 삶의 또 다른 길을 찾아낸다. 지금도 외롭다. 앞으로도 외로울 것이다. 외로움 속에서 외롭게 살며 나만의 세계를 만들어 갈 것이다.

마음 다이어트

누구나 그렇듯 나도 무게에 관한 집착이 강한 편이다. 남들은 다이어트를 한다는데 죄다 몸무게에 대한 다이어트 이야기뿐이다.

나에게 다이어트란 몸무게에 관한 것이 아니다. 몸무게는 자꾸 줄어들어 오히려 체중의 줄어듦이 스트레스다. 삐쩍 마른 몸을 거울에 비출 때마다 오늘은 어느 부위의 살이 한 움큼 빠져나갔는지 손바닥으로 쓸어보고 손가락으로 살을 집어보다 빠져나간 살덩어리를 다시 주워 붙일 수도 없는데 인상만 잔뜩 찌뿌리면서 고개를 살래살래 젓고는 만다.

나는 왜 살이 찌지 않는 것인가에 대한 고민을 수없이 많이 했다. 결론은 그런 고민 자체가 스트레스가 되어 오히려 살을 더 빠지게 한다는 것이었다. 그런데도 불구하고 나날이 눈금을 줄여가는 체중계에 오를 때마다 또……. 하고 고민을 하게 된다. 남들보다 식사량이 적기는 하다. 그렇다고 배불리 먹지 않는 것이 아니다. 많이 먹지 않아도 포만감이 빨리 도래해 많이 먹을 수가 없을 뿐이다. 최근의 식사 습관도 아니다. 다른 사람들의 식사량의 반 정도의 식사 습관은 고등학교 이후부터 줄곧 이어져 온 식생활이어서 많이 먹지 않아서 살이 찌지 않는다는 것에는 인정의 고갯짓을 해줄 수 있지만 그렇다고 살이 줄창 빠져야 하는 이유라고는 수긍을 할 수가 없다.

남들은 즐거운 고민이라고 눈을 흘긴다. 그런데 나에게는 심각한 고민이 아닐 수가 없다. 체중이 늘어나는 사람들과 별반 다르지 않은 반대의 고민을 가진 사람들도 더러 있게 마련이고 내가 그 범주에 속한다. 제발 살이 포동포동 올랐으면 좋겠다는 생각에 하루에 다섯, 여섯 끼니를 먹어보기도 했다. 배가 불러오면 억지로 한 숟가락 더 숟가락질을 의식적으로 하기도 했다. 그러나 결과는 마찬가지였다. 무게로부터 저주를 받은 몸인 것이다. 체중은 늘어나지 않는다. 다만 더 먹음으로 인해 줄어들지 않는 현상유지에 만족해야 했다. 현상유지에 대한 고마움을 몸무게로 알게 되다니 아이러니가 아닐 수 없다.

몸무게에 대한 스트레스는 그렇다고 치자. 그런데 더 큰 스트레스가 마음 무게는 줄곧 늘어나기만 한다는 것이다. 마음에 대한 다이어트를 이야기하는 사람들이 별로 없는 것을 보면 마음 다이어트에 대한 개념들이 없는 것은 아닐까 의심이 든다.

몸의 무게는 식이요법과 운동으로 줄이고 늘이고 인위적인 힘이 작용할 수 있다. 그러나 마음의 무게는 오로지 심리적 자가치유만이 줄임과 늘림을 시도할 수가 있을 뿐이다. 누군가 대신해 줄 수도 없다. 인공적인 힘을 가해서 마음 무게를 조절할 수도 없다. 오직 스스로의 진단과 처방이 장기적으로 이뤄지고 실천되어야만 마음 다이어트는 성사된다.

몸이 말을 듣지 않으면 약을 먹거나 주사를 맞거나 아예 아무것도 하지 않고 쉼을 선물하면 일정부분 치료가 된다. 그러나 마음이 말을 듣지 않으면 백약이 무효하다. 자제력의 끈을 자주 놓치게 된다. 자제력의 상실은 잦은 후회와 갈등과 심리적 불안, 불만으로 이어져 삶 자체를 황폐하게 만들어버리는 최악의 불균형 속으로 빠져들어 가게 한다. 마음 다이어트가 체중 다이어트보다 어렵고 중요한 이유다. 몸무게를 줄이지 못한다고 삶 자체가 황무지처럼 변하지는 않는다. 그러나 마음 다이어트가 이뤄지지 않으면 삶의 지속성을 보장받을 수가 없다.

그런데 이쯤 해서 저항심 가득한 나의 마음에 반론이 하나 제기된다. 마음 감량을 다르게 받아들이면 어떤가.

마음의 무게가 점점 늘어간다. 시간이 해결해 주지 못하는 무게들이다. 오히려 시간이 더해질수록 무게가 무게를 불러와 아교를 칠해놓은 듯 착착 엉겨 붙는다. 나이를 먹으면 지혜의 눈을 가지게 된다고 한다. 마음의 무게가 늘어나 경험치의 처방들이 축적되기 때문이다. 다시 생각을 해본다. 마음 다이어트는 줄이는 다이어트가 될 수가 없다. 쌓고 쌓아 삶의 혜안의 발광체가 되도록 오히려 덩치를 압축해 나가는 것이 마음 다이어트라고 정의를 내린다.

인생은 책과 같다

책을 읽으면서 간혹 밑줄을 긋는 경우가 있다. 책을 침 자국 하나 없이 깨끗하게 읽는 나로서는 뜻밖의 행동이다. 정말 간혹 그렇다. 읽다가 행간이 이해가 가지 않거나 지루해지면 하는 행동이어서 좀체 하고 싶지 않은 일이기도 하다. 아주 가끔은 가슴에 훅 들어오는 문구가 있어도 밑줄을 긋고는 하지만 한 권의 책을 다 읽는 동안 그런 일은 거의 일어나는 일이 없을 정도다. 책을 대하는 내 태도가 올바르다고는 할 수 없으나 최대한 깨끗하게 원형을 보존하면서 읽는 습관을 버리고 싶지는 않다.

그렇다고 책의 내용이 전혀 동의할 수 없거나 문장이 그냥 그냥 하다는 이야기는 아니다. 물론 좋은 구절들이 책 속에는 많이 있다. 내가 동감이 가거나 그 반대의 감정을 갖게 되더라도 독자인 나의 문제이지 책과 저자의 문제는 아닌 것이다. 책 속에는 작가의 감정과 사상과 깨달음이 당연히 내제하여 있다. 작가가 의도하는 방향으로 책은 반드시 쓰여지고 그렇게 읽히기를 바란다. 그러나 읽는 사람의 개성은 천차만별이고 변화무쌍하여 작가의 손을 떠난 글이 책으로 활자화되어 나오는 순간 그 글은 독자의 것이 되는 것이다. 따라서 어떻게 읽히느냐는 이제 작가의 권한이 아니게 된다.

개인의 일생도 책과 같다는 생각을 해본다. 태어날 때야 자신의 의도와는 전혀 상관없는 무의지로 나왔지만, 성장을 하면서 자신에 대한 자의식이 생기고 삶에 자신의 의도를 개입시키게 되는 순간부터는 책의 일생을 따르게 되어 있다.

한 자, 한 자가 이어져 단어가 되고 문장이 되어 한 권의 책으로 완성되듯 삶의 매 순간순간이 모이고 해체되고 섞이면서 자신의 인생을 만들어 간다. 그런 면에서 보면 개인의 인생은 대하소설로 대입할 수 있을 것이다. 각 시기마다 한 권의 책이 완성되고 다시 다른 권으로 이어가며 써지는 멈추지 않는 연작소설이라고 봐도 좋을 듯하다.

한 권의 책이 완성되어 세상에 나가는 순간 나에게는 성취감으로 기대에 충족될 수도 있고 반대로 후회나 자책으로 남을 수도 있다. 그러나 나를 떠난 한 시기의 삶은 나를 둘러싸고 있는 주변의 사람들은 물론 한 사회나 국가의 구성원으로서 나로 평가된다. 그러므로 내가 산 삶이라고 완전히 내 것이라고 단정할 수가 없는 것이다. 모든 상황의 변화와 가치에 따라서 책이 다르게 읽혀지듯 삶의 책도 다르게 평가되기 마련이다.

오늘도 나는 나의 책을 써가고 있다. 숨이 멎을 때까지 집필의 시간은 계속될 것이다. 10대에 펴낸 내 인생의 순박한 영혼 같은 책과 20대의 열정의 불길이 이는 용광로 같은 책과 30대에 비로소 삶의 진실한 고역의 길과 행복의 순간의 충돌이 얼마나 아름다운 것인가를 깨닫는 환성 같은 책들이 완성해 놓은 세상이 확연히 다르고 40대에 막혔다 풀렸다를 반복하지만 삶은 멈출 수 없는 실타래 감기와도 같음을 기록한 참회의 책이 풀어놓은 이야기의 깊이가 다르다. 지금은 다른 시간의 글을 쓰고 있다. 누군가는 내 인생의 책에 아주 간혹 뭉클해져 즐거운 밑줄을 그어줄지도 모른다는 상상을 하면서…….

걸어서 하늘까지

나는 자주 산책을 하는 편이다. 같이할 사람이 있거나 없거나 상관은 없다. 그러나 혼자서 느긋이 속도에 구애받지 않고 누군가와 번거롭게 말을 교환하지 않아도 되는 산책을 나는 좋아한다. 걸으면서 나는 끊임없이 나 자신에게 중얼거림의 선물을 선사한다. 주제가 딱히 정해진 중얼거림은 아니다. 주된 내용이 있다가도 생각이 생각을 이끌어내는 것을 마다하지 않다 보면 생각들의 이어짐이 하늘 끝까지 닿고도 남을 듯이 많아진다. 그렇게 나는 걸어서 하늘까지 간다.

자신에게 중얼거림을 선물하는 시간은 어떤 고귀한 물질적 보상보다도 값지다. 혼잣말이라고 부담스러워 할 이유도 없다. 혹여 정신세계가 독특한 사람이라고 지나가는 사람에게 의심받을지라도 창피스러워할 필요도 없다. 산책을 하는 동안 자신만의 중얼거림을 멈추지 말아야 한다. 걷는다는 행위가 단순히 두 다리를 부지런히 움직여 길을 따라가는 것이라는 움직임의 동작반복에 치우친다면 굳이 산책이라는 말을 쓸 이유가 없어진다. 그것은 그저 두 다리를 학대하는 물리적 지면 이동에 불과하게 될 것이다.

산책을 하다 보면 자연스럽게 생각들이 일어난다. 하루 내내 있었던 일들의 전개가 어떻게 이루어져 있고 어떻게 결말이 났는가 또는 미결상태라면 어떤 방향으로 결말이 날 것인가. 지나간 시간과 다가올 시간이 서로 상충을 일으키면서 반응물들을 머릿속에서 쉼 없이 만들어 놓는다. 나는 그 반응물들의 형상을 그려보거나 형태들을 만들어 보면서 그에 대해 나에게 이야기를 해준다. 산책이란 걷는다는 것을 넘어 생각한다는 등식이 성립할 수 있는 일이다.

그 이야기들은 실제로 내 뇌 속에 깊이 각인되어 실물로 형상화되기도 하고 행동을 만들어 내기도 한다. 나에게로의 중얼거림은 나를 최면시키는 것이라고 해도 될 것 같다. 목적 없는 중얼거림이 정해지지 않은 목적물을 만들어내 버리는 결과를 가져오게 된다. 이렇듯 의도하지 않았으나 의도를 가지게 되는 것이 산책이라고 나는 말하고 싶다.

자신과의 대화를 가장 자유롭고 길게 할 수 있는 시간이 나에게는 걷는 동안이다. 무관심하게 지나쳤던 풀잎에게도 인사를 건네며 중간중간 걸음을 멈추고 쪼그려 앉아 잎새의 결을 느껴 보기도 하고 손바닥을 펴 바람의 방향에 맞추며 바람의 속삭임과도 조우를 할 수 있다. 밟으면 물큰 풍겨오는 풀 냄새는 생명의 찬란한 존재의식처럼 느껴지고 발바닥을 꾹꾹 눌러주는 흙의 감촉은 대지에서 살아가야 하는 숙명을 숭고하게 받아들이도록 일러준다.

걸어보자. 가능하면 포장되지 않는 흙길이면 좋겠다. 비가 온 후의 질척임을 느낄 수 있는 길이면 더 좋겠다. 이름을 알 수도 없는 풀들이 보일 듯 말 듯한 작은 꽃들을 피워내고 바람에 쓸리면서 진한 생의 냄새를 코끝에 전해주는 길을 걸을 수 있다는 것은 일상 속에서 누릴 수 있는 가장 순수한 행복일 것이다. 목적을 정하며 걷는 것은 숙제를 하는 학생의 마음 상태와 같아서 산책의 효과를 최대로 이끌어 낼 수 없어진다. 그러므로 정해진 목적을 이루려고 걷는다는 행위를 택할 필요는 없다. 걷다 보면 자연스럽게 생각이 일어나 자신을 이끌어 가게 될 것이다. 하늘 끝까지 올라갈 수 있는 날개를 달아줄 것이다.

오래 살려 하지 말고 길게 살아라

인간의 생명이 유한하다는 것에 나는 감사하는 편이다. 무병장수는 옛날이나 지금이나 모든 사람들의 한결같은 바람이다. 그러나 그 바람은 그야말로 바람처럼 지나가는 소망이었다가 문명이 발전하고 문화가 융성하면서 시간을 따라 진화하는 바람이 되어왔고 오늘날에 와서는 백세시대라는 당당한 소망 성취가 되었다. 60 청춘이라니……. 과히 실감이 나는 흔한 용어가 되어 있음을 부인할 수 없다. 그런데도 불구하고 나는 오래 사는 일이 행복한가에 대해서 강하게 의문을 가지고 있다. 행복이 아니라 오히려 재앙이 된 것은 아닐까.

오래 사는 일이 단순히 생명을 연장하는 일이라면 함께 오는 부작용으로 인해 세상은 아수라장이 될 것이다. 경제력을 상실한 사람들이 도처에서 부양의 손길을 바라보고 있고 그들을 위한 사회적 밑천들이 끊임없이 투입되어야 한다. 별의별 질병에 감염될 확률이 많은 노쇠한 사람들이 도처에 넘쳐난다면 오래 사는 사람들의 사회에 안락이 깃들어 있을 수 있겠는가. 무병은 천국이나 극락에서나 있을 법한 일이다. 인간의 육체는 시간이 지나면 세포들이 기능을 점점 상실해갈 수밖에 없다. 늙는다는 것은 단순히 시간을 오래 살았다는 것에 그치지 않는다. 정신은 투박해져 가고 몸은 쇠약해져 온갖 충격과 바이러스들의 먹잇감이 되어 간다. 늙는다는 것은 죽음과 친숙해지고 있다는 것과 같은 의미로 받아야 한다. 아무리 뛰어난 약과 의술의 조력을 받더라도 죽음으로 향해 질주하고 있다는 것을 부정할 수 없다.

오래 살려 하지 말고 길게 살아라.

오래 산다는 것에 의미를 두면 삶이 불행해진다. 생명을 오래 유지하는 것이 반드시 행복한 삶이 아니다. 오늘날 모든 사회에서 평균적으로, 경제적으로 부유한 사람들이 그렇지 못한 사람들보다 생명을 더 오래 유지한다. 부유한 상위 1%의 사람들을 제외한 나머지의 사람들에겐 치명적이게도 이러한 사실은 불평등한 것처럼 받아들여지기도 한다. 그러나 꼭 불평등한 일도 아니다. 유전적으로 부자로 태어났든 평범하게 갖지 못하고 태어났든, 요즘의 말로 금수저와 흙수저의 태생적 한계의 불평등과도 같은 맥락이라고 봐도 좋을 것이다. 현재의 세계는 자신의 노력의 성패에 따라서 경제적 삶의 질은 충분히 역전시킬 수 있는 시대이기 때문이다. 오래 사는 것보다 오래 남는 사람으로 사는 것이 행복한 삶이라고 나는 생각한다. 다시 풀어 길게 사는 방법이 오래 기억에 남을 수 있는 삶이며 진실로 오래 사는 것이라 말하고 싶다.

오래 사는 것보다 길게 사는 일은 어렵다. 지켜야 할 것들이 많다. 자신을 희생해야 할 일들이 많다. 오래 사는 것은 자신에게 최대의 성실함만을 보여주며 살아도 된다. 그러나 길게 사는 것에는 자신에게 엄격해야 하고 자신을 지속적으로 성찰해야만 한다. 애초에 내 것이 아닌 것에겐 눈길도 주지 말아야 하고 본래 내 것인 것도 기회가 되면 남의 것으로 돌려줄 줄도 알아야 한다. 자신에 대한 사랑을 밖으로 내보낼 수 있어야 길게 사는 초입에 들어가는 것이라고 생각되어진다. 그렇다고 반드시 이타적이고 자기희생적인 삶을 살아야 길게 사는 것이라고 정의 내리고 싶지는 않다. 그렇게 한정해 놓는다면 길게 살 수 있는 사람들이 한정적이고 길게 살고 싶어도 포기하는 사례가 속출하게 될 것이기 때문이다.

그렇다면 어떻게 사는 것이 길게 사는 것일까. 방법은 각자의 선택이다. 타인에게 피해를 가하지 않고 사회적 규율에서 자유로울 수 있고 주변을 따뜻하게 순화시키는 삶이면 될 것이란 생각을 해본다. 아니다. 그냥 자신을 가장 행복한 상태로 만들고 그 행복이 자신으로부터 시작해 주변 사람들에게 스며들 정도의 삶이면 길게 사는 것을 충족시키는 것이다.

생명의 길이보다 정신의 길이를 길게 살아라.

선악의 이중주

옳고 그름의 문제는 오히려 쉽다. 승자의 법칙은 항상 옳은 것으로 받아들여지게 되어있는 것이 현실이란 전쟁터에서 용인된다는 것을 모르고 사는 사람은 없다. 다만 패자라고 다 그르다는 편견만 갖지 않는다면 승자에 대한 아량으로 인정해줘도 무방할 만큼 승자의 위용은 이 사회에서 강력한 정당성을 부여받는다. 그렇기 때문에 승리라는 결과를 위해서 허용되는 모든 수단을 동원하고 때로는 드러나지 않으리란 확신에서 비롯된 허용되지 않는 수단까지도 투입하는 것이 오늘을 사는 우리 모두의 선택이 되어있음을 부정하지 못한다.

드라마에서나 있을 법한 음해와 음모들이 현실에서는 더 은밀하고 치열하다. 드라마의 각본은 결국 현실에서 일어나고 있을 듯한 일들을 체계적으로 작가가 상상력을 가미해서 쓰는 것이다. 잘 짜인 각본에 배우들의 생동감 넘치는 연기가 결합하여 흥미로운 역할극이 완성된다. 드라마에 빠져든 사람들은 적극적으로 역할극에 가담하면서도 자신의 현실과는 전혀 상관이 없을 것으로 여기게 된다. 실제로는 드라마 같은 일들이 비일비재하게 일어나고 있다는 것을 외면하고 싶은 것인지도 모르겠다.

드라마에서는 선과 악의 구별이 명확하다. 선악의 구별이 없는 드라마를 본 적이 있는가? 밋밋해서 사람들을 끌어들일 수가 없을 것을 뻔히 알면서 그런 각본을 쓸 작가는 없을 것이다. 더구나 실패를 무릅쓰고 제작할 방송사는 더더욱 없을 것이다. 그러나 현실에서는 선과 악의 구별이 명확하지 않다. 악은 선의 얼굴을 하고 숨어 있는 경우가 대부분이다. 혹은 선과 악의 이중성을 함께 가지고 있는 경우가 더 많다. 따라서 옳고 그름의 문제는 크게 여겨지지 않는 것이 현실 세계의 모습이 되어가고 있다. 절대의 선과 절대의 악을 구별할 필요가 없게 되었다고 하면 지나치다고 할지도 모르겠지만 그런들 어쩌랴, 그렇게 되어가고 있는 것을. 게다가 선하다고 생각되는 사람보다는 그렇지 않다고 여겨지는 사람들이 훨씬 더 경제적이든 사회적 지위로든 잘살고 있는 경우들을 허다하게 보고 있지 않은가.

〈하늘은 뭐 하고 있나, 저런 인간들 안 잡아가고〉 하는 말을 하면서 세태를 한탄한 적이 많다. 하늘은 그런 사람들 안 잡아간다. 하늘이 잡아갈 것 같으면 그런 사람들이 활보하며 뻔뻔하게 잘 살 수가 있었겠는가. 그들이 찾은 당위성은 현실이란 전쟁터에서 승리했다는 오만에서 시작되어 있다는 것을 알아야 한다. 대다수의 방관자들은 싫어도 그들의 당위성에 타협해 외면하는 길을 택해버렸기 때문에 하늘에 한탄만 하게 되는 것이다.

나는 가끔 나를 비난하는 소리들을 전달해 받는다. 기분이 불쾌해진다. 당사자를 앞에 두고 질책하는 것이라면 기꺼이 받아들이고 왜 그런 비난을 받아야 하는지 반성해 보고 고칠 것이 있으면 고쳐갈 준비가 되어있다. 그런데 음모를 즐기는 사람은 항상 남의 뒷담화에 흥미를 더 느낀다. 없는 말들을 만들어 가짜 소식지를 남발한다. 그 가짜 소식은 옆으로 전해지면서 살을 붙여 더 큰 가짜가 되어서 나에게 전달된다. 음습한 음모자가 그런 상태를 조장해 얼마나 즐거워하고 있을지를 생각하면 피가 거꾸로 선다. 게다가 그 음모자는 당당한 얼굴로 내 주변에 있다. 음모도 나를 모르는 사람이 꾸며낼 수는 없다. 그 선한 척한 얼굴 뒤에 낀 악의 이중주가 나 이외의 주변 사람들은 듣기 좋은 멜로디였을 것이다. 드라마에서 일어나야 할 일들이 이처럼 나에게도 일어나고 있는 것이다.

선과 악의 구별이 모호해지고 있어서 요즘의 드라마는 더 복잡 난해해 지고 있다. 시청자들은 머리가 복잡해진다. 그 복잡함을 피해서 가볍게 웃으며 즐거움을 누릴 수 있는 예능이 대세가 되고 있는 것이다.

안개 속에 들여보내다

건널 수 없는 강을 건너는 것도 선택이다. 돌아오지 않겠다는 다짐을 실행하는 것이다. 다짐은 행위로 연결되지 않으면 자신을 만족시키고자 하는 속삭임에 불과하다. 넓은 강이든 깊은 강이든 되돌아올 마음을 두고 건너면 장애물도 아니니다. 좁은 강이거나 도랑이거나 건너뛰어 다시 돌아올 마음이 없다면 거대한 차단 물이다.

짧다 생각하면 모든 시간이 짧다. 길다 생각하면 단 한 번의 스침도 길다. 시간 속에 기억이 깃들어 있기 때문이다. 기억은 시간마저도 상대적인 길이로 만든다.

깊고 넓은 강을 건넜다.

긴 기억을 건넜다.

다시는 돌아가서는 안될 마음을 안개 속에 가뒀다.

안개는 걷히지 않을 것이다. 들여다 보여지지도 않을 것이다. 강을 둘러싸고 짙게 뭉쳐있는 안개를 만들어 놓은 것은 나의 의지였다. 의지가 열어지는 날이 온다면 아마도 강물이 흐름을 멈추어 버린 때일 것이다. 강의 흐름은 생명이다. 멈춤은 모든 기억의 종말의 시간에나 올 것이다.

살다 보면 이렇게 버려야 할 것들이 있다. 안개 속에 묻어야 할 것들이 있다. 안개 속에 들여보낸 시간을 돌아보지 않도록 나를 길들일 수 있을 때가 올 것이다.

피안(彼岸)으로 가는 티켓

거창하게 해탈에 이르고 싶은 맘을 품은 것은 아니다. 이상세계에 도달하기 위해서 현실을 회피하고 싶은 것도 아니다. 현실을 회피하고서는 결코 해탈의 길에 이를 수도 없다는 것을 이미 안다. 내게 피안은 이상적 지대나 몸과 육체의 해탈이 아니다. 현실 속에 작은 안식처를 만들어 놓고 싶은 작은 바람일 뿐이다. 고통에 시달리면서도 살기 위해 아등바등거리는 이유는 벗어날 수 없는 굴레에 갇혀 있기 때문이듯 굴레 안에도 찾아내면 위안을 받을 수 있는 장소가 하나쯤은 있기를 바라는 마음에서 비롯된 갈망이다.

현실에서 이를 수 있는 위로의 문이 있다면 살면서 잠깐씩 그 문을 열고 들어가 웅크리고 있다가 나에 대한 다독임을 얻고 살아갈 새로운 힘을 얻어 현실로 다시 이어지는 그 문을 열고 나오고 싶다. 작지만 조용한 언덕 같은 곳, 무릎

꿇고 앉아 가만히 눈을 감으면 평온한 바람이 몸을 감싸주고 눈을 뜨면 면면히 시간이 아득하게 흘러가는 곳, 그곳에 단 몇 분 만이라도 피해있고 싶다.

그렇다고 작은 아픔에게도 쫓기며 그곳으로 도주하는 남용의 장소로 삼겠다는 것은 아니다. 지쳐서 가눌 수 없는 몸이 나락으로 떨어질 때 이거나 도저히 어떤 약물과 관심으로도 치유되지 않는 마음의 절벽에 사방이 둘러싸일 때 비로소 피안의 쉼터에서 자가치유를 해보고 싶은 것이다.

행복도 고통도 마음으로부터 발행된다고 한다. 마음은 화폐발행처처럼 고액권과 소액권의 상태권을 발행한다. 발행자는 결국 자기 자신이다. 나에게 피안에 갈 수 있는 티켓을 발행해 준다. 어딘지에 있을 것이다. 찾아서 가야 하는 이도 또한 나다.

처음부터 그랬던 것은 아니다
하다 보니 그리된 것이다

미련을 떠는 데는 이유가 있다. 이유가 없다면 애초에 모자란 것일 테니까. 신념이라고 불리고 고집이라 포장되기도 한다. 옳고 그름을 구별하지 못하는 것이 아니라 구분을 하지 않으려 하기 때문에 미련한지 자각도 거부된 상태가 지속되고 고착돼버린 것이다.

미련함에는 따라서 자신의 선택에 대한 대가를 각오한다는 점이 모르고 행함과 다르다. 인지하지 못하고 하는 행동은 결과에 대해 수긍하거나 결과를 외면하려고 자신을 다그치지 않는다. 그저 원망이나 행운 정도로 받아들이고 행동하게 된다. 그러나 미련함에서 비롯된 행동은 분명한 자신의 의지가 개입되었으므로 엉뚱한 결과가 나와도 미련스럽게 자기를 정당화하려고 할 뿐이다. 왜냐하면 결과에 대한 부정은 자기 정당성을 스스로 무너뜨리는 일이기 때문이다.

미련한 자들은 스스로 미련하다는 것을 절대 인정하지 않는 법이다. 오히려 미련하지 않은 주변 사람들까지 끌어들여 설득하려고 한다. 미련함에 개입된 신념은 그래서 무서운 것이다. 자신만이 아니라 주변을 아울러 혼란스럽게 만들어 내려고 한다는 것은 정말 두려운 믿음이 아닐 수 없다.

처음부터 그랬던 것은 아니다. 하다 보니 그리된 것이다. 이 말은 나는 미련하지 않다. 나에겐 책임도 없다. 선택이 잘못된 것이 아니라 과정과 결과가 빗나간 거다라고 떠들어대는 미련한 자들의 전매특허다.

미련한 선택과 행동에는 그만한 대가를 치를 준비가 되어 있어야 한다는 약속이 동반된다는 것을 망각하지 말아야 한다.

다행이다

아침에 무겁더라도 눈을 뜰 수 있어서 "다행이다"라는 말에 한참 뒤척였다. 살면서 쓸 수 있는 말 중에 가장 다정하고 포근한 말이 다행이라는 말이다.

오늘도 그럭저럭 눈뜨고 살 수 있어서 다행이다.

표나게 아프지 않아서 다행이다.

아직은 변하지 않은 환경 그대로 속에서 사랑하는 사람들을 볼 수 있어서 다행이다.

푸석푸석한 머리를 감고 주섬주섬 옷을 챙겨 입고 출근길에 오를 수 있는 직장이 있어서 다행이다.

많은 말을 하지 않아도 고개 끄덕이며 내 마음을 알아주는 가족이 있어서 다행이다.

다행인 일들이 펼쳐보면 많고도 많다. 그래서 또 다행이다.

다행스러운 일이 없어지는 시간을 상상하기 싫다.

모든 일상이 다행 속에서 머물러 있기를 바란다.

몸은 아파도 마음은 조금 덜 아프고 힘들지만, 엉덩이에 묻은 흙을 툭툭 털고 일어날 수 있고.

잦은 몸살이나 감기에도 주사 한 대 따끔하게 맞으면 훌쩍 털 수 있고.

걱정은 수없이 되풀이돼도 마음의 병까지로 이어지지는 말고.

최악이 아니라서 다행이다, 다행이야 혼잣말을 하면서 정말 지극히 다행스러운 시간에 머물러 있고 싶다.

인간의 언어 중에 다행이라는 말이 있어서 살만하다.

이제껏 다행이라는 말을 쓸 수 있는 채로 산다는 것이 얼마나 다행스러운 삶이었는지 놓치며 무감각하게 살았다. 다행이라는 말에게 미안하고 미안하다.

그러고 보니 행복이 다행이라는 말 속에 녹아 있는 것이 아닌가 문득 가슴 한가운데를 파고든다.

나에게 행복이란 무엇이었을까. 행복이 구체적으로 나에게 어떤 모습인지도 모르고 행복하고 싶다는 맹목적 목표를 추구하면서 살아왔다. 그러나 여전히 행복하지 않다. 이렇게 되어야 행복하다라는 세계를 구체화 시켜놓지 않았으므로 행복의 세계로 애초부터 들어갈 수 없는 것이다.

이제 생각해 본다. 나의 행복한 모습은 어떤 것인가. 쓰고 싶은 곳이 있으면 쓸 수 있도록 적당히 돈을 가지고 있고 눈에 넣어도 아프지 않을 것 같은 딸들이 자신만의 꿈을 꾸준히 꾸면서 살아가고 시름시름 아픔을 견디는 아내가 다시 생명의 가닥을 잡아가고 술술 내가 품고 있는 생각들을 글로 쓸 수 있는 시간이 많아졌으면 좋겠다고 나의 행복을 그림처럼 가슴에 그려놓는다. 어쩌면 너무 늦은 그림 그리기가 돼 버린지도 모를 일이지만 이제라도 이런 것이 행복이구나 하고 알아서 다행이다.

결국, 또 다행이라고 마무리를 한다. 다행이라는 말을 하면서 살 수 있어서 행복한 것이 아닐까.

다행이란 말을 잃어버리면 불행의 터널에 갇히는 것과도 같을 것이다.

무거워진 마음을 다독이며 걸을 수 있는 시간을 가질 수 있어서 다행이다.

마음에 생채기가 생기면 쓰담 쓰담 손바닥을 펴 가슴을 문지르며 길게 한숨이라도 쉴 수 있어서 다행이다.

생을 이어가도록 푸짐하지는 않아도 먹고 마실 수 있어서 다행이다.

가끔이지만 허탈하게 웃을 수 있어서 다행이다.

그러니 살아가는 시간이 모두 다행이다.

무엇보다도 그대라고 부를 수 있는 사람이 있어서 다행이다.

제3장
마음 근육 만들기

촛불을 태우며

그렇게 다시 밤을 맞이하고

사랑을 추억했다

정태춘의 촛불을 들으며

사랑도 밤에는 촛불처럼

태워버릴 수 있다는 것을

조금 더 간절해지면

못할 것도 없다는 것을

노래를 따라 불렀다

촛농이 떨어져 내리듯

천천히 내 침울함도 흘러내리며 밤을 밝혀냈다

사랑은 촛불처럼 타올랐다

촛불처럼 또 흔들렸다

내 모든 생을 태워야 식어가겠지

나를 버릴 수 있는 건

세상에 오직 나뿐이어서

촛불을 켜놓고 찬 소주 한 컵 앞에

머리 조아리고 있는 밤은

길고 깊어서 속절없다 속을 태운다

마음 근육 만들기

나는 하루도 빠짐없이 글을 쓴다. 글을 쓰는 것은 나와의 대화다. 단 한 줄이라도 글을 쓴다. 생각을 하고 생각을 표현하는 최고의 방법은 글쓰기 이상이 없다. 말은 뱉어놓고 나면 녹음을 하지 않는 한 지나 가버린 바람과도 같다. 온전하게 하고 싶은 말을 다 하기도 어렵다. 듣는 상대가 제대로 내 뜻을 이해했는지 확신하기도 힘들다. 그러나 글을 쓰면 생각들을 가다듬고 가장 효과적인 문장으로 표현할 수가 있다. 그만큼 전달하고자 하는 바를 명확하게 전할 수가 있다.

요즘 글쓰기의 중요성에 대한 책들과 강연이 많이 있다. 그만큼 소통이 잘 이뤄지지 않는다는 반증일 수도 있다. 글쓰기는 자신의 이야기를 간명하고 명시적으로 남기는 일이기도 하지만 궁극적으로는 오해가 발생하지 않도록 뜻한 바를 의미 있게 공유하고자 하는 것이라고 생각한다. 문장은 그 사람의 얼굴과도 같다. 한 줄의 좋은 글이 한 사람의 삶의 방향을 결정할 수 있다. 오늘날 글쓰기에 대한 관심은 SNS를 통해서 더 빠르게 확산되고 있다. 트위터나 페이스 북, 블로그, 카페 등을 통해서 다양한 개인들이 다양한 생각들을 서슴없이 표현하고 있다. 좋은 글과 사진들을 접할 기회가 그만큼 쉽고 많아졌다. 그러나 수준 이하의 글들도 그만큼 많이 양산된다는 것도 간과할 수는 없다. 모두가 좋은 글을 쓰려고 한다. 그러나 좋은 글을 쓰기란 단순하지 않다. 글이라고 모두가 좋은 글이 될 수는 없다. 전문적으로 글만 쓰는 작가들도 쓰는 글이 모두 맘에 들고 잘 썼다고 생각하지 않는다. 다만 보편타당한 사고를 기본으로 하고 글에 창의성을 배치하려는 시도들을 끊임없이 할 뿐이다. 좋은 글은 이거다라고 명시적으로 제시하기 어려운 이유이기도 하다. 그러나 분명히 좋은 글에는 쓰는 사람의 따뜻한 마음이 들어 있어야 한다. 옳고 그름이 명확할 수는 없다고 해도 자신의 판단에 대한 근거가 있어야 하고 그 근거는 가능한 보편적이어야 한다. 자신의 주장을 쓰는 것이 글이지만 타인을 불편하게 하는 글은 좋은 글이 아니다. 아무리 의도하는 바가 정당하다고 할지라도 타인의 감정에 손상을 가해서는 안 된다. 글을 읽는 사람이 글에 담긴 내용과 뜻을 어떻게 받아들이는가는 전적으로 쓴 사람의 것이 아니라 읽는 사람의 몫으로 주어져야 하기 때문이다.

나의 글쓰기는 가급적 나의 내면의 들끓음 들에 대한 나의 반응을 가다듬는 것에 중점을 둔다. 물론 나 혼자만 읽고 간직하기 위해서 글을 쓰는 것은 아니다. 어떤 형태든 내 블로그에 올린 글은 나만이 아니라 누구라도 볼 수 있도록 공개되어 있으므로 최대한 정제된 표현을 쓰기 위해 노력한다. 보는 사람들의 판단을 강요하려고 하지도 않는다. 주관적 사고를 정리하고 쉽게 읽히도록 글의 방향을 잡아 쓴다. 거기다 더하여 문장에 내 삶의 깨달음들을 담아 나 자신

뿐만 아니라 읽는 사람도 공감했으면 하는 바람을 가미한다. 단순히 내 삶의 흔적을 남기기 위한 것만은 아니다. 정리를 하는 거다. 그날 그 시간에 나의 상태는 어땠고 무슨 일에 관심이 있었고 어떤 결정을 하고 어떻게 행동했는가를 남겨 훗날 그날을 기억해 놓고 싶은 거다. 글로 남기지 않으면 그런 것은 불가능하다. 아무리 기억력이 좋은 천재라 해도 결코 모든 날, 모든 시간을 기억할 수는 없다. 인간은 망각을 하는 기억력을 가졌다. 좋은 기능이다. 망각하지 않고 모든 것을 저장할 수 있는 컴퓨터의 메모리 같은 뇌를 가졌다면 속 터져 죽고 말 것이다. 잊을 것은 잊고 간직하고 싶은 것은 남길 수단을 선택해 새겨놓으면 된다. 인간은 망각하는 동물이기 때문에 문자가 생겨났고 문자를 이용해 망각시키고 싶지 않은 일들을 기록으로 남기게 되었다. 기록의 발전은 인간 두뇌의 활동을 풍부하게 진화시켰다. 문자가 발명된 이래 경험의 축적이 시간을 넘어 전달될 수 있게 되었다. 문명은 기록을 통해 더 빠르게 유지되고 발전될 수 있었으며 그 속에서 철학, 과학, 종교가 비대하게 인간 삶을 지배하게 되었다.

글이란 것이 결국 인간의 삶에 결정적인 영향력을 행사하게 되었다는 것을 인정하도록 하고 있다. 따라서 글쓰기는 작게는 개인의 사소함이기도 하지만 인류 역사 그 자체가 되는 것이다. 이런 이유로 나는 각종 포털싸이트나 기타 인터넷 매체에 악플을 습관적으로 써대는 사람을 이해할 수가 없다. 자신의 잘못된 분노표출이 영원히 글자라는 기록물로 남아 엇나간 표본이 될 것이란 것에 대한 깊은 통찰이 없는 조악한 행위이며 스스로의 인격 모독임을 통감해야 할 것이다. 글은 쓰는 사람의 인격 그 자체이기 때문이다.

지금도 나는 글을 쓴다. 쓰기 시작하면 빠르게 쓴다. 정리된 생각들이 흩어지지나 않을까 걱정하며 단어와 단어들을 넘나들며 한 문장에 중복된 단어가

들어가지 않도록 노력한다. 같은 단어의 반복은 자칫 지루해질 수 있기 때문이다. 그렇다고 엄청난 어휘 실력이 있는 것은 아니다. 글을 쓰면서 주의력을 좀 더 기울이고 표현방법에 변화를 가하기 위한 작은 글쓰기의 배려라고 생각하면서 그렇게 쓴다. 글쓰기에 대한 나의 숨겨진 원칙 중에 하나다. 글을 쓰지 않을 때도 글을 쓰는 작업을 한다. 머릿속에서 끊이지 않고 생각들이 일어난다. 일어나고 쓰러지기를 반복하는 생각들을 어떻게 잡아서 내 것으로 유형화할까를 고민하는 것은 결국 글쓰기의 연장이다. 생각을 멈추면 숨만을 쉬는 생물적 삶이 된다. 숨만 잘 쉰다고 살아있다고 하고 싶지 않다. 글쓰기는 생각을 확장시킬 수 있는 최고의 방법이다. 자신의 내면을 들여다볼 수 있는 가장 경제적인 방법이다. 돈을 들여서 명상수련원에 가지 않아도 된다. 힘들게 몸의 근육을 이리저리 단련하며 정신을 가다듬는 요가를 하지 않아도 된다. 글쓰기는 마음의 근육을 만드는 가장 효율적인 영양제다.

만약에

가끔 술자리 대화에서 지나가는 말로 "만약에 다시 태어난다면 연애만 하고 결혼은 절대 하지 않겠다."고 하곤 한다. 만약이란 말에는 지금 하지 못했거나 할 수 없는 일에 대한 안타까움 혹은 속마음이 포함되어 있다. 다시 태어나는 일이야 있을 리가 없다. 상상 속의 가정이다. 가정이란 전제로 만약이란 하지 못한 일에 대하여 혹은 돌이킬 수 없는 일에 대하여 지금 처해있는 현실에서 자신을 빼내 보는 것이다. 그야말로 만약일 뿐이다. 이미 일어난 일을 없던 일로 할 수는 없지 않은가.

사랑은 하되 결혼은 하고 싶지 않다는 것에는 결혼이란 굴레로 인해서 감수해야 하는 자기희생이나 책임감이 무겁기 때문이다. 가정을 꾸리는 순간부터 우리 사회는 너무나 많은 속박이 생겨난다. 시가와 처가의 어울림을 유지하기 위해서 균형을 잡아야 한다. 가족이란 공동체를 지키기 위해서 자신보다는 가족 구성원을 먼저 생각하고 행동해야 한다. 부양을 위한 경제적 능력을 배양해야 한다. 절약과 절제의 자기 억제는 벗어날 수 없는 한계가 된다. 파탄에 이르지 않기 위한 최소한의 역할을 나열해도 이렇다. 어느 한 가지라도 균형이 깨지면 문제가 발생한다. 부부의 사랑만으로 이 모든 의무를 완벽하게 유지할 수 있는 것도 아니다. 사랑의 결합이 의무공동체가 된다. 그렇다고 하더라도 가족이라는 공동체는 삶의 중요한 의미를 부여한다는 것을 부인할 수는 없다. 한번 형성된 가정은 함부로 해체할 수 없는 운명공동체가 된다. 학연, 지연보다도 강력한 혈연은 인간의 원초적인 생존 본능에서 출발하기 때문이다. 아버지, 어머니, 아내, 아들, 딸. 나열된 단어에서 풍겨 나오는 억양만으로도 그 어떤 가치보다도 크고 강하다. 그럼에도 불구하고 속박이란 굴레는 부담스럽다. 거북하다. 그래서 만약이란 전제를 깔고서라도 벗어나 보고 싶은 것이다.

결혼에 빗대서 만약이라는 말을 하다 보니 마치 책임감 없고 무능력한 후안무치의 사람쯤으로 오해가 될 소지가 충분하다. 사실 나는 지나친 책임감으로 나 자신에게 엄격한 편이다. 해야 할 일을 하지 않으면 안달이 난다. 그 일이 마무리될 때까지 다른 생각을 하지 못한다. 다른 사람의 손을 빌려서 하는 것이 꺼림칙해 가급적 스스로 한다. 그래야 마음이 후련하다. 어쩌면 강박증이라고 해도 지나치지 않을 정도다. 그렇게 나는 나를 스스로가 지키며 산다.

만약을 하등한 열등감의 표현이라거나 자기 불만 혹은 사회적 부적응의 표현이라고 생각한다면 나는 전적으로 잘못된 선입견이라고 말하고 싶다. 만약은 만 가지의 약이다. 하지 못한 일에 대한 후회를 고쳐주는 약. 하고 싶은 일을 상상해 보게 해주는 미래를 위한 보약. 무엇보다도 다시 힘을 내 살아가도록 힘을 주는 위로의 약이다. 나약함의 표현이 아니다. 단순한 불평이 아니다. 만약이 주는 만가지 약은 어떤 상황, 어떤 사람에게도 효과가 있다. 모든 사람들의 마음을 치료해 준다. 만약 그때 그랬더라면 하는 아쉬움 속에서는 지나간 일에 대한 미련을 떨치며 스스로를 어루만지고 다가오는 시간에는 그래야겠다고 다짐을 하게 된다. 만약에 그 시간이 다시 온다면 하는 소망은 소중히 지키고 있는 시간에 대한 간절한 추억의 회상이고 다시는 놓치지 않겠다는 자신과의 결연한 약속이 깃들어 있다.

만약에 그때로 돌아갈 수 있다면…….

만약에 그럴 수 있었더라면…….

지금 나의 모습은 많은 모습이 지금과 같지 않을 것이다. 그러나 그때 내가 그렇게 했고, 그럴 수 있어서 오늘날의 내가 있다. 자신에게 모든 것을 만족하며 살고 있는 사람은 하나도 없다. 그래서 사람들은 모여서 산다. 나의 부족을 상대방을 통해서 보충하고 상대방의 부족을 내가 보완해 주며. 가정을 이루고 단체를 이루고 사회를 이룬다. 그래도 만약은 끊을 수 없는 마약이다. 만약이 나를 더 건강하게 살아가게 할 것이다. 많은 사람들의 만약이 모여 견고해진 삶들을 응원할 것이다.

꿈의 단계

하고자 하는 의지가 꺾이지 않는 한 꿈꾸는 목적지에 우리는 느리지만 다가가고 있다. 복권에 당첨되듯 한 방에 이뤄지는 것은 진정한 이룸이 된 꿈이 아니다. 물 위에 세운 집처럼 위태롭다. 기초공사가 제대로 되지 않았다면 작은 물살에도 금방 무너지고 말 것이다. 땅 위에 짓는 집도 터를 닦고 지주대를 견고하게 세우고 나서야 벽돌을 쌓아 올린다. 과정을 건너뛰면 벽에 금이 가고 물이 새는 하자에 시달리다 결국엔 허물고 다시 지어야 한다. 실패가 없는 꿈의 도전이 없는 것은 아니지만 실패도 과정의 실패를 적절히 보완해 나가면 좌절하지 않게 된다. 실패도 실패 나름인 것이다. 다 이뤘다고 생각했는데 보완할 수 없는 허점으로 다 무너뜨리고 처음부터 다시 시작해야 한다면 아무리 의지가 굳은 사람일지라도 좌절에서 일어나기가 쉽지 않을 것이다.

꿈도 마찬가지다. 꿈을 이루기 위해 나아가는 과정을 무시하고 목적물만을 가지려 하면 완전하게 이루어질 수 없다. 과정이 튼실하고 내용물이 알찰 때 꿈은 손에 닿는다. 꿈을 향해 가는 과정은 쉽지 않다. 고난을 수용하는 시간이다. 그 시간은 길고 언제 끝이 날지 보이지 않는다. 인내심을 실험한다. 방법의 오류에 빠져 실의에 빠지기도 한다. 너무 고통스러워서 포기하고 싶은 날들도 많다. 육체적 고역뿐만이 아니다. 정신적 아픔이 오히려 더 할 때가 많다. 경제적 부담이 거대한 장애물이 될 때도 많다. 이 모두가 꿈을 이뤄가는 필수적인 단계다.

큰 아이는 싱어송라이터가 목표다. 학교를 졸업하고 아르바이트를 하며 학원에 다니고 연습실을 오가며 밤늦은 시간까지 건반을 치며 악보를 그리고 가사를 붙인다. 바늘구멍을 뚫는 것보다 어렵다는 대중음악의 세계를 나로서는 들리는 말로만 가늠할 수 있을 뿐이다. 마땅히 경제적인 지원을 충분히 해줄 수 없어서 안타깝다. 그러나 항상 긍정적인 데다가 당차게 자신감으로 밀고 나가는 아이를 보면서 말없이 뒤를 지켜주고 있다. 힘들고 어려운 환경인데도 '나보다 더 곤란한 처지에 있는 사람들이 더 많다'며 엄마, 아빠에게 항상 고맙습니다를 입에 달고 지낸다. 그런 큰 아이를 대할 때면 전생에 내가 나라를 구한 업적을 쌓았나 보다 생각하곤 한다. 다른 것은 몰라도 딸들을 만난 행운만큼은 어느 누구에게도 꿀리지 않는 복이다. 준비하고 있는 곡이 전문가에게 트레이닝을 받으면서 인정을 받아가는 것 같다. 어쩌면 곧 드라마 OST를 통해서 데뷔를 할 수 있을 듯이 보인다. 꿈의 단계를 누구보다도 힘들게 걸어가고 있는 아이에게 고맙고 대견한 기립박수를 쳐줄 날이 다가오고 있다.

작은 아이의 꿈은 뮤지컬 배우다. 다니던 4년제 대학을 중도에 그만두고 예술대학 뮤지컬 학과에 다시 진학을 했다. 무릎관절이 좋지 않아 과격하게 춤을 춰야 하는 배우의 길을 가는데 불리하다. 그래도 열심히 레슨을 받고 연습을 하며 노래하고 춤을 춘다. 하고 싶은 의지가 불리한 신체 조건을 불평하지 않고 극복하기 위해서 앞으로 나아가게 한다. 본래부터 가지고 있는 글 쓰는 비상한 재주가 발동해 뮤지컬 대본을 쓰게 되었나 보다. 이름이 널리 알려지지 않은 작은 극단이지만 아직 1학년인 학생이 쓴 대본을 그것도 첫 대본을 작품으로 만들어 공연하고 싶다는 연락을 받았단다. 다만 배우가 아니라 대본가로서 조연출로 작품에 함께 참여해달라는 조건이다. 어떻게 했으면 좋겠냐고 의논을 해온다. 당연히 할 수 있는 모든 경험을 해야 하고 어쩌면 그토록 원하는 일에 한 발 가까이 다가갈 수 있는 기회이니 조건을 잘 살펴보고 시도하라고 조언해 준다. 기회는 크건 작건 자신의 것으로 만드는 것이 중요하다. 이 기회에 뮤지컬 대본가로서의 길도 힘껏 열고 들어갈 수 있었으면 좋겠다는 아빠로서의 꿈을 꾸어본다. 그런 아빠로서의 꿈은 말없이 등을 밀어주고 박수를 보내주는 역할뿐이겠지만 든든한 정신적 후원자로 받아들여 준다면 행복한 꿈이지 않겠는가.

꿈에 이르는 길은 식물이 꽃을 피우는 일과도 같다. 어느 날 갑자기 꽃은 피지 않는다. 식물은 꽃을 피우기 위한 모든 조건을 만들고 외부의 각종 시련을 물리치고 나서야 꽃을 피운다. 시련을 인내하며 꽃을 피우기 위한 단계를 넘고 넘어 비로소 아름다운 결실을 만들어내는 것이다. 도종환 시인의 흔들리며 피는 꽃을 종종 아이들에게 들려준다. 흔들리며 흔들리며 너희의 꽃을 아름답게 피우라고…….

아이들이 나아가는 길의 뒤에 나는 항상 있다. 앞서 끌어줄 수가 없다. 그 길을 잘 알지도 못할 뿐만 아니라 그만한 능력도 없다. 이제 아이들의 꿈이 나의 꿈이 되었다. 같은 꿈을 꾸고 있다고 아이들이 나를 믿고 있을 것이다. 같은 꿈을 꾸고 그 꿈이 가는 길의 과정들을 묵묵히 따라갈 것이다.

잘 나갈 때 삼가 해도 늦을 수 있다

오랜 기지개를 펴듯 주말 새벽 라운딩을 갔다. 마음의 피로로부터 나에게 하루만의 휴가를 주고 싶었다. 육체의 피로는 물리적인 치료를 통해서 무게감을 완화시킬 수가 있다. 찌뿌둥하게 뭉친 근육을 마사지를 받으면 일시적으로 해소시킬 수가 있고 아린 속은 약물을 투여하거나 주사를 맞으면 전부는 아닐지라도 일부의 해방감을 맛볼 수가 있다. 그러나 마음의 피로는 외부에서 투여되는 수단으로는 실체적인 치료 효과를 볼 수가 없다. 보이지 않으나 느낄 수 있는 비물리적 치료가 마음에 흡족함을 채워줄 때 완충 점을 찾게 된다.

골프를 친다고 심적인 피로가 눈에 드러나게 줄어든다고는 할 수 없다. 오히려 마음먹은 대로 볼이 맞지 않아서 스트레스가 가중될 수도 있다. 그러나 흔들림 속에서 잔 파장들에게 시달림을 당하던 심리적 통증이 탁 트인 페어웨이를 보면서 답답함을 벗을 수 있음에서 오는 해방감이 묶인 마음을 느슨하게 해주는 것은 확실하다. 새벽이슬이 내려앉은 잔디를 밟으며 천천히 걸을 수 있다는 것은 오랜 정신적 압박에 함몰되었던 나를 느긋하게 만들어 주었다. 한 샷, 한 샷 집중하며 산만해서 수선스러웠던 현실을 잠시나마 망각할 수 있어서 볼이 날아가는 방향과는 전혀 무관하게 편안감을 주었다.

동반자가 샷 이글을 하는 것을 지켜보면서도 부럽다는 생각은 들지 않았다. 다른 동반자의 원거리 퍼팅이 홀을 향해 빨려 들어가 롱 버디를 두 번이나 성공할 때도 질투감 보다는 흔쾌히 박수를 치며 나이스 버디를 통쾌하게 외쳐주었다. 경쟁이 아니라 함께 즐거울 수 있는 라운딩이 힐링 골프라는 것을 잘 알고 있다. 그런데 종종 동반자에 대한 지나친 경쟁심이 즐거워야 할 라운딩에 흠집을 내는 경우가 있다. 지나친 경쟁의식은 관계에 금이 가게 만들기 마련이다. 우리의 삶의 시간이 매사 경쟁 속에서 의미를 찾아왔기 때문에 만성적 질시를 만들어 관계에 벽을 쌓게 만들고 있다는 것을 단적으로 보여주는 경우라고 해야 할 것이다.

OK 거리에 인색한 것을 자랑하는 골퍼들이 많다. 땡그랑 소리를 들어야 진정한 실력이라고 이야기를 한다. 그러한 관계의 사람들끼리 뭐 하러 한 팀이 되어 라운딩을 하는지 이해할 수 없다. 적당한 내기는 게임의 긴장도를 주고 최선을 다해 자기 플레이를 하도록 해준다. 그러나 도를 넘는 내기는 게임을 망칠 뿐만 아니라 함께한 네 명의 동반자 관계마저도 똥칠을 하게 만든다. 라운딩의 첫 번째 목적은 관계의 증진이고 서로에 대한 예를 다해 즐거움을 누리는 것이다. 내기는 캐디피와 간단한 뒤풀이를 위한 금전적 안전장치면 충분하다. OB가 나서 난감한 동반자에게 흔쾌히 멀리건을 한 번씩 외쳐주면 멀리건을 받는 동반자나 주는 사람이나 쑥스러우면서도 마음이 얼마나 훈훈해지는가. 골퍼라면 다들 경험해 보았을 것이다. 수풀 사이로 들어가 보이지 않는 볼을 함께 찾으며 이리저리 풀숲을 누비다 찾은 볼은 볼 하나에 얼마짜리라는 값어치를 넘어 마음의 값어치가 서로에게 깊은 신뢰감을 만들어 준다는 것을 알고 있지 않은가. 모든 스포츠는 마음을 함께할 때 진정한 레포츠가 되는 것이다. 골프도 결코 예외의 스포츠가 아니다.

한 홀, 한 홀 라운딩을 해가면서 위기의 홀이 있는가 하면 잘 되는 홀이 있게 마련이다. 홀과 홀을 이어 파 행진을 계속하다 보면 자기 만족감이 자만으로 이어져 반드시 트리플, 양파를 하는 홀이 도래하게 된다. 버디를 한 다음 홀에서 OB를 내는 경우를 많이 볼 수 있다. 흔히 버디값을 한다고 한다. 버디를 한 후 마음이 느슨해졌기 때문에 일어나는 일이다. 잘나갈 때 삼가 해도 늦을 수가 있다. 잘 나가기 전부터 스스로를 통제하고 마인드 컨트롤을 유지해야만 자기 실수를 억제할 수 있다. 어디 골프에서만 통하는 법칙이겠는가. 스포츠에서 발생하는 일들은 대부분이 일상에서도 비슷한 모습으로 일어난다. 잘 나가기 전부터 삼가 하자. 잘 나갈 때 삼가 하는 것은 이미 늦었을지 모른다.

나를 짓눌렀던 압박에서 한나절 나를 방목하는 시간이었다. 나를 둘러싸고 있는 벽들을 넘어서 광야로 마음을 풀어놓은 시간이었다. 내가 나를 지키며 살 수 있기를 간절히 기원하면서 홀을 향해 퍼팅을 하는 시간이었다. 모든 것이 늦지 않기를, 그리하여 손을 뻗으면 손끝에 따뜻한 감각으로 느껴지기를, 항상은 아닐지라도 가급적이면 자주 나에게 스스로 그쯤이면 됐다고 OK를 줄 수 있는 거리를 유지할 수 있기를…….

사람 공포증

현상이나 대상물에 두려움을 느끼는 것이 공포다. 공포가 반복되고 같은 증상이 되풀이 되면 공포증이라고 진단이 내려진다.

폭풍이 몰아치는 밤에는 바람 소리와 덜컹이는 창문 소리에 질리게 된다. 방 안에서 몸을 잔뜩 웅크리고 밤이 무사히 지나가기를 애처롭게 기원한다. 그러나 점점 초롱 해지는 눈을 억지로 감으며 두려움의 시간을 보내야 한다. 억지 잠이 설핏 들었을 때 형체도 뚜렷하지 않는 무엇인가에 쫓기며 아무리 빨리 뛰려 해도 발이 떨어지지 않고 손이 움직이지 않은 채 식은땀을 흘리다 단말마 같은 비명을 지르고 겨우 눈을 뜨면 아직도 밤은 깊은 채로 남아있다. 가위에 눌린 시간은 아주 짧은 시간이다. 그러나 실제로 벗어날 때까지의 시간이 가늠할 수 없이 길게 느껴지는 것은 무서움에 몸뿐만이 아니라 정신이 마비되어 버렸기 때문이다. 공포는 그렇다. 몸으로부터 시작해 정신을 꼼짝없이 두려움으로 묶어버린다.

나는 대담하다고 우길 정도는 아니고 그렇다고 심약하다고 할 수도 없는 그저 평범한 담을 가졌다. 대개가 그렇다. 자신을 용감하다거나 비겁하다거나 평가하는 것은 어쩌면 과장이거나 겸손이다. 공포영화를 보면 아닌 척하지만 손에 땀이 나고 맥박이 세차게 뛰는 것을 보면 나는 두려움에 둔감하지 않다. 누구나 평상적인 상황을 벗어나면 공포심을 갖게 마련이다. 낯선 곳에 가면 적응하기 전에는 불안하다. 불안도 공포의 일종이다. 태연함을 가장해 불안하지 않은 척 과장된 행동을 하는 것 자체가 어쩌면 스스로를 공포심으로부터 달래려는 행동일 것이다. 그렇다고 공포를 느끼는 것이 잘못되었다고 말할 수는 없다. 공포를 느끼지 못하는 사람이 오히려 비정상적이다. 통상적인 신체구조에 문제가 있거나 정신적인 질병을 가졌을 것이란 유추가 가능하다. 보통사람과 다르다는 것이 자랑이 아니다. 사는 것 자체가 영웅 놀이에 빠져들어 있는 것을 곱게 봐주지 않는다.

그런데 나는 사람이 제일 무섭다. 불면의 가위에 눌리는 것보다 심장을 턱턱 막히게 하는 공포영화의 장면보다 인면수심을 가진 사람이 무섭다. 사람을 분류하는 나의 기준은 단순하다.

이해할 수 있는 사람.

용서할 수 있는 사람.

스팸처리 해야 하는 사람.

이해할 수 있는 사람이란 나와 함께 일상을 공유하며 공감하는 사람들이다. 어느 때엔 사랑이라는 감정으로 연결되어 있다. 어떤 때에는 협력이라는 관계로 이어져 있다. 지독한 사랑이 되기도 하고 우정이 되기도 하고 동료가 되기도 한다. 어떤 행동을 하건 무슨 말을 하건 가슴으로 이해가 되는 사람이다. 머리는 고개를 흔들려 해도 마음이 가 있는 사람이다. 기본적 관계의 근원이 정(情)이라고 할 수 있다.

용서할 수 있는 사람은 나와 대립의 관계에 있을지라도 나를 향한 악의가 없는 사람이다. 어느 때엔 이별이 되기도 하고 반론이 되기도 한다. 또 어떤 때는 경쟁이거나 협력적 정적이기도 하다. 서로가 서로의 존재를 인정하고 이해할 수는 없으나 용인할 수 있는 사람이다. 관계의 기본이 이(異)라고 할 수 있다.

스팸처리 해야 하는 사람은 당연히 이해할 수도, 용서할 수도 없는 사람이다. 이해할 수 있는 사람이 살아감의 관계에 있는 사람의 반이라면 용서할 수 있는 사람이 남은 반의 사 분의 삼 정도다. 그 나머지가 스팸처리 해야 하는 사람이다. 이유가 있거나 없거나 나에 대한 악의를 가지고 악의적인 행동을 반복적으로 하거나 악성루머를 퍼뜨려 나를 곤경에 빠뜨리고자 하는 사람이다. 이런 악질적인 사람이 하나도 없으면 좋겠지만 실제로 누구나 최소한 한, 둘은 있게 마련이다. 태어나면서 가지고 나온 희로애락의 업보처럼 살아감의 업보 같은 존재다. 관계의 본질을 굳이 말하자면 악(惡)이다.

나를 미워하는 사람을 이해할 필요는 없다. 정신적 낭비다. 미워하면 미워하라고 놔두면 된다. 나도 그가 싫으면 그만큼 미워해 주면 된다. 미운 사람을 이해하려고 하다가 자칫 고민만 깊어지고 자괴감으로 이어지면 결국 나만 손해다. 상대는 전혀 나를 고려하지 않는다. 그러니 그렇게 미워하는 거다. 관계를 회복하려고 할 필요도 없다. 나를 미워하는 사람 말고도 나 좋아라 하는 사람이 있고 내가 좋아하는 사람도 많다. 그들만으로도 관계를 만들고 유지하는 데 충분하다.

다 내 사람으로 만들려는 생각은 지나친 욕심이다. 과욕에서 벗어나면 좋아할 사람과 좋아해도 될 사람과 미워해 버려도 아무 상관 없는 사람이 명확해질 것이다. 누군가 나를 미워한다고 화내지도 마라. 그런 인간은 내 생에서 지워버리면 된다.

누구나 자신의 안위를 위해서 산다. 아무리 포용력이 많고 이타적인 사고를 하는 사람도 기본적으로 자신의 삶의 안정을 추구하게 되어 있다. 자신의 이익과 평안을 위해 사는 것은 누구나가 가진 권리이자 의무다. 자신이 평화롭지 못하면 주변의 평화에 관심을 가질 여력이 없다. 따라서 자신을 지키는 것은 자신의 당연한 권리다. 또한, 자신이 불행하면 주변까지 불행의 그늘을 드리울 수 있게 되어 자기 아닌 타인에게 불안감을 줄 수 있다는 것을 생각하면 자신을 지키는 것은 당연한 의무이기도 하다.

이해할 수 있는 사람과 용서할 수 있는 사람이 훨씬 많아서 살만한 세상이다. 그러나 사람에 대한 공포심을 잊고 살지는 말아야 한다. 스팸의 대상인 인간은 정상적인 법칙에 따라서 행동하지 않는다. 항상 기피하고 거리를 멀리해야 한다. 손바닥 마주치며 살 수 없는 존재는 피하는 것이 신의 한 수다. 이해할 수 없는 사람을 이해하려 심력을 낭비할 필요는 없다. 용서할 수 없는 사람을 용서하려 스스로 고통의 바닷속에 빠져 허우적거릴 필요는 없다. 본성은 처참한 응징이 없이는 변하지 않는 법이다. 응징이 약하면 또다시 악한 본성을 드러내는 부류들은 그렇게 선량한 사람들 위에서 호가호위하며 산다. 그들은 남 위에 서고 남의 것을 자기 것으로 여기는 것을 특권이라고 생각하며 누리려 한다. 저급한 부류를 위해 기도할 이유도 없다. 그대로 인정하고 가까이하지 않으면 된다. 단, 나를 다듬고 주변을 살피며 긴장할 수 있도록 해준다는 면에서 한, 둘 정도 있는 것도 그리 나쁘지 않지 않겠는가!

욕도 후련하게 하면서 살자

좋은 인상을 심어주기 위해서 거짓말을 하는 경우가 많다. 선의의 거짓말이라고도 하고 필요의 거짓말이라고도 한다. 그러나 거짓말은 거짓말이 아닐 수가 없다. 한 번 시작을 한 거짓말은 다른 거짓말을 이끌어 오고 점점 큰 거짓말로 부풀려지게 된다. 그렇다고 거짓말을 절대 하지 말아야 한다는 것은 아니다. 거짓말이 필요할 때가 많다는 것을 인정한다. 거짓말을 한 번도 하지 않았다고 하는 사람의 말은 백에 백 거짓말이다. 거짓말이 윤활유가 되기도 하고 재앙이 되기도 한다는 것을 모르지 않는다.

거짓말로 거짓을 만들고 거짓말을 진실처럼 포장하는 것이 문제다. 피할 수 없어서 하는 거짓말이 아니라 거짓말에 의도를 감추고 거짓말 속에서 자신을 만들어가는 것은 이미 선의라는 말과는 어울리지 않는다.

진실한 말이 감동적일 수 있다는 것에 이의는 없다. 그러나 모든 진실이 감동을 담보하지는 않는다. 거짓말보다 진실의 말이 깊은 상처를 주고 그 상처에 덫을 나게 하는 경우도 허다하다. 말은 시의적절하게 말해져야 한다. 진실이 치유를 보장할 상황에서는 거짓말을 하는 것은 잘못된 결정이다. 반대로 거짓말이 상처를 감쌀 수 있을 때는 진실의 말을 고집스럽게 할 이유는 없다. 그럼에도 불구하고 거짓말에는 악의적 의도가 없어야 한다는 것이 전제되어야 한다.

욕을 먹기 싫어서, 불편을 끼치기 싫어서, 거추장스러운 상황을 만들기 싫어서 나는 거짓말을 한다. 가끔은 무서워서 거짓말을 하기도 한다. 그러나 거짓으로 상처를 주거나 나의 이득을 만들어내기 위해서 말을 만들어내지는 않는다.

좋은 말만 하고 살 수는 없다. 좋은 말을 들으면 좋은 말이 나가고 나쁜 말을 들으면 나쁜 말이 나가게 되는 것은 당연하다. 모든 순간마다 상대방을 고려한답시고 나쁜 말을 서슴없이 내뱉는 사람에게 좋은 말을 하려고 화를 삭일 필요는 없다. 거칠게 몰아붙여 버리는 것이 나쁜 놈에게서 벗어날 수 있게 하기도 한다는 것을 무시해서는 안 된다. 글을 쓰면서 정화를 한답시고 마무리를 좋은 말로 하려고 노력하는 경우가 많다. 실상 속마음은 그렇지 않으면서 말이다. 일종의 나에 대한 거짓말, 누군가 읽는 사람에 대한 거짓말이다. 때로 후련하게 욕을 하는 것이 사람다운 것이다.

말이란 오고 가는 상대성의 법칙을 가졌다. 받은 만큼 돌려줘라. 말은 존중이냐 아니냐를 단박에 결정지을 수 있는 판단의 근거다. 나에게 좋지 않게 대하는 사람을 존중할 필요는 없다. 자존감에 상처를 입는 일은 안 해도 된다. 절대 그럴 필요 없다. 그래야 할 필요가 있는 관계란 강요된 관계다. 강요된 관계를 유지하기 위해 나를 숙일 필요는 없다. 다만 대항할 수 없는 힘에 눌려 죽고 사는 일에 얽혀 있다면 더러워도 무시하도록 하자. 가끔 뒤에서 중얼거리며 억제된 분풀이라도 하며. 그도 싫으면 과감하게 죽어도 좋지 라고 생각하고 그 관계도 그만두자. 설마 진짜 죽기야 하겠는가.

욕도 말이다. 하려면 시원하게 하자. 가장 통렬한 위로가 될 것이다. 그냥 참기만 하면 나만 더 힘들어진다.

어떻게 살 것인가에 대한 불편함

무엇을 하고 싶었을까.

무엇을 좋아할까.

무엇이 되고 싶었을까.

이렇게 스스로에게 질문을 해보면 마땅하게 이거다라고 즉답을 할 수가 없다. 만약 할 수 있다면 제대로 자신을 돌보며 살아왔다고 평가해줘도 무리가 없을 것이다. 하지만 이런 질문은 늘 곤욕스럽게 심장의 박동을 쿵 하고 잠시 멈춰 세운다.

이런 류의 고민은 십대나 좀 더 늦으면 이십 대 초반이나 되어서 하는 유치한 사춘기적 발상에서 비롯되었다고 나이를 먹으면서 스스로에게 확인시키며 애써 질문으로부터 멀어지며 살아왔다. 그런데 정작 그때의 그 질문에 답을 정확하게 제시하지 못한 건 삼십 대나 사십 대나 오십 대에도 마찬가지다. 심도 있고 집요하게 그 질문에 파고들지 않았다고 하는 것이 맞을 것이다. 왜냐하면, 그럴 여유가 없었기 때문이 아니라 그럴 필요가 없었기 때문이다. 나잇대별로 요구하는 역할이 이미 이 사회에서는 정해져 있어서 그 역할을 수행할 기회를 얻지 못하면 낙오가 되어 주류사회에서 쫓겨날 위기에 처해버리기에 생각보다는 무작정 따라 하기에도 바빴다. 남들이 하는 것은 나도 해야만 했다. 그렇지 못하면 무리에서 소외당하기 일수다. 역할이 정해진 사회구조에서 소외는 패배의 다른 이름이라는 것을 본능적으로 알아갈 수밖에 없다.

어른들이 제시하는 길로 잘 따라가는 것이 바른 생활의 시작이었던 어린 시절부터 남들 다 가는 대학을 가기 위해 불철주야 책 속에 머리를 들이밀었던 청소년기를 지나 이제는 자아를 찾아 자신이 가고자 하는 방향을 잡을 수 있기를 기대했으나 자아가 무엇인지에 대한 기초개념이 잡혀있지도 않았다는 것을 느끼고 젊음의 방황은 시작되고 방황이 채 끝나기도 전에 취업이라는 절체절명의 먹고 사는 문제를 해결하다 보니 어느덧 결혼을 하고 후세가 생겨나 버렸다. 내가 좋아하는 일이 무엇이고 무엇을 하고 싶었고 무엇이 되고 싶었는가의 문제는 그렇게 주체인 나의 불가피한 선택적 외면 속에 뒤로 밀려버린 것이다.

오십이란 나이를 지천명이라고 한다. 하늘의 이치를 아는 나이, 그러나 오늘을 살아가는 대부분의 오십 대들은 하늘의 이치대로 순순히 살지 못한다. 가족을 부양해야 하는 의무는 절정기로 치고 올라왔음에도 직장에서는 은퇴를 준비해야 하거나 이미 은퇴를 종용당하고 있어 경제적인 공황상태에 있다. 선량하게 살았다는 증표이기도 하다. 이 시대에는 선량하게 살아온 사람에게 경제적 안정을 선물로 주는 것을 불편하게 여긴다. 그렇다고 모든 경제적 안정을 이룬 사람들을 매도하고자 하는 것은 아니니 오해하지 말기를 바란다. 개인적

편차는 분명히 존재함을 전제로 하더라도 사회현상화 되고 있다는 것은 다수가 부당하다고 생각하게 되어 있다.

비약적인 과학과 의학의 발전으로 살아가야 할 시간은 늘어났지만 연장된 시간을 편안하게 즐기며 누릴 여유는 늘려주지 않았다. 은퇴 후 빈곤이 심각한 사회문제가 된 후발선진국의 단적인 부작용들을 핵탄두처럼 품고 있다. 개인의 불행이 잦으면 결국 국가적 불행이 된다. 국가는 개인의 삶을 안전하게 보장하는 역할을 얼마나 잘 제도적 장치로 수행해 나가느냐에 따라 건강한 국가, 불량 국가로 판가름한다고 해도 무방하다.

오십이란 나이는 어떻게 살 것인가를 고민하는 것이 아니라 어떻게 삶을 여유롭게 누릴까에 대한 행복한 계획을 하여야 할 시기임에도 오늘날의 오십 대는 아직도 어떻게 살 것인가가 가장 큰 걱정이다. 수명연장이 우환이 되어버린 현실을 다른 세대의 일로만 받아들일 수 없다. 오십 대를 향해 다가오는 오십 이하의 세대에게도 오십 대를 넘어 그 이상을 살아가고 있는 세대에게도 어떻게 살아야 하는가에 대한 걱정을 하도록 강요하는 현실이 씁쓸하다.

육십부터 청춘이라는 말이 오래전부터 나왔다. 일하라는 것이다. 경제적 고통을 남 탓하지 말고 스스로 해결하라는 것이다. 국가가 해줄 수 없으니 국가에 의지하지 말라는 것이다. 복지사회를 주장하면서 노쇠한 노동력을 기피되는 일자리에 값싸게 사용하겠다는 일종의 노동력 착취를 위해 희망을 가장한 선동이다. 노인 문제를 해결하겠다는 가열찬 의지를 담아 TV 프로그램에서도 육십을 넘어선 노인들을 브라운관에 동원하여 과장되게 팔 근육을 부풀려 보여주고 육체적으로 문제가 없으니 열심히 일하면 된다고 노동하는 모습을 클로즈업 하면서 만면에 환하게 웃도록 처리해 전국방송에 고정프로로 내보냈다. 실상은 종합병원에 매일 출근 도장을 찍듯 대기실 의자를 차지하고 있는 육십 대 이상들의 고통이 아우성인데도 말이다. 큰 병원에 갈 때마다 느낀다. 병원은 불황과는 상관없는 경제이론이 통하지 않는 상시 활황지라는 것을. 육십부터 청춘이라니 몸에 병이 쌓여가기 시작하고 근육은 퇴폐하고 정신은 나약해져 가는데 어줍지 않은 말도 잘도 붙여놓았다. 이십 대, 삼십 대의 청춘은 애들 걸음마란 말인가.

그래서 나는 오늘도 어떻게 살 것인가라는 질문을 나에게 던지는 대열에 합류해 있다.

경제적 지위로 잘 산다와 못 산다가 정해진 사회가 잘못된 것이다. 선량하게 살아왔고 그렇게 앞으로도 살아갈 사람들이 잘못 살아왔다는 증거를 돈의 유무로 따짐을 당해서는 안 된다.

진짜 잘 사는 것은 끝까지 나를 놓지 않고 나를 귀하게 대해주는 것이다.

자서전을 쓰듯이 살면 된다

특별한 이야기만 하면서 살 수는 없다. 특별하지 않은 일들이 모여서 특별한 이야기가 되어가는 것이다. 누군가에게 잘 보이고 특별해지고 싶어서 살 이유는 없다. 나는 나로 살아가면 된다. 의미는 내가 나에게 주는 선물이면 된다. 특별함은 내가 느끼는 것이면 된다. 그러므로 모든 나의 시간은 나에게 특별하다.

이 특별한 시간을 그냥 흘려 보내버리면 자기에 대한 배반이다. 누군가에게 과시하기 위해 살 필요가 없는 것처럼 나에게 소홀하게 살아서도 안 된다. 일상을 기록하는 일들을 시작해 보자. 일기여도 좋고 짤막한 한 줄의 낙서여도 좋다. 하루에 한 번이라도 나에게 내가 하고 싶은 말을 글로 써봐도 좋다. 하루의 일과를 반성은 하더라도 절대 비난은 하지 말고 나에게 솔직한 기록을 남겨보자. 이것이 자서전이다. 남들에게는 무가치할지 몰라도 나에게는 삶의 시간이 쌓여가는 기록물이 될 것이다. 자서전은 누구 보라고 자기과시를 위한 기록이 아니다. 나의 삶의 모습들을 스스로 쓰고 읽으면서 자신을 돌아보고 재설계하기 위한 것이어야 한다.

대개 유명인사들이 자서전이네 하고 책으로 펴내는 사람들의 글 속에는 자기반성이 없다. 거짓과 과장으로 별로 궁금하지도 않은 자기과시가 난무한다. 그따위 책을 왜 출판하는지는 뻔하다. 그들에게 목적이 없는 자서전 출판은 없다. 그 목적이라는 것이 대부분 불온하다. 과오를 반성하는 척하기 위해서 혹은 대중의 궁금증을 불러 돈이라도 양껏 챙기려고 출판사와 이해득실을 맞춰 책이라는 형태를 빌린 쓰레기의 포장이다.

부잣집에서 태어나지 못한 것에 대한 불만, 특출 난 재능도 없이 살아가고 있다는 것에 대한 자괴감. 누구나 한 번쯤은 아니 반복해서 품은 불만이다. 불만이 없으면 살아갈 동력이 없다. 불만이 있으니 불평을 하면서도 만족스럽지 못한 조건을 개선하려 지속적으로 노력하게 된다. 배부른 돼지처럼 빈둥거리며 생을 낭비하지 않는다. 배부른 돼지가 될 것인가, 배고픈 소크라테스가 될 것인가 하며 흔한 자기최면을 걸면서 살아왔다. 배부른 돼지의 팔자가 되어 인생이라는 한계가 명확히 지어진 시간을 허비하다 시간에게 결국 잡혀먹히는 것이 조건 좋은 게으름뱅이들의 인생이다. 그렇다고 배고픈 소크라테스의 운명이 좋을 수만은 없다. 쉬지 못하고 바삐 살아가도 충분한 보상은 받지 못한다. 편히 다리 뻗고 살아갈 공간확보도 쉽지 않다. 졸라맨 허리띠가 세월의 두께에 밀려 느슨해질 뿐 생활에 끼는 기름기는 질이 좋지 않다. 그러나 자신을 버리지 않고 꿋꿋이 개선을 위해 한결같았음을 높이 평가해줘도 된다. 최소한 빌어먹을 인생은 아니다. 불만을 가진 사람은 배고파서 소크라테스가 되는 것이 아니라 생각하고 노력하고 행동할 줄 알아서 소크라테스가 되는 것이다.

오랜 시간 나 역시도 별 볼 일 없는 태생의 한계에 가져다 붙일 수 있는 모든 쌍욕을 해대며 살았다. 지금도 그렇다. 욕으로 분풀이라도 하면서 살아야 숨통이 트이고 다시 시작할 힘을 얻었다. 그렇다고 대단히 특별한 성취를 이룬 것도 아니지만 배고픈 돼지가 되어 꽥꽥거리며 시끄럽게 세상과 대치했고 역시나 지금도 대치 중이다. 열심히 노력하면 태생의 불만을 넘어설 수 있다고 말하려고 하는 것이 아니다. 노력해도 안 되는 것은 절대 안 된다. 오르지 못할 높이의 나무를 오르려고 정력과 시간을 낭비하지 말라는 말을 하고 싶다. 오를 수 있는 높이만큼만 바라보고 노력해라 그 말을 하면 비겁하다고 할지도 모르겠다. 비겁한 것이 아니다. 실패가 잦아지면 좌절도 습관이 되고 결국 포기하면서 삶을 버리게 된다. 그럴 필요가 없다. 지나친 목표설정은 자기를 과신하거나 주제 파악을 못한 결정적 오류다. 읽히지 않는 책을 끙끙거리며 밤새도록 잡고 있는다고 책의 오의를 파악할 수는 없다. 시간 낭비다. 나와는 맞지 않는 책은 돈 주고 사서 아깝더라도 과감히 책꽂이의 장식품으로 꽂아버려야 한다. 벽 인테리어로 책장을 만들어놓고 생전 읽지도 않을 양장본 세계위인전이니 철학전집이니 역사전집을 꽂아놓는 사람들이 어디 돈이 남아돌아서 그러겠는가. 책만큼 값싼 비용으로 성공적인 인테리어와 지적 배부름을 만족시켜줄 것이 없으니 그렇게 한다. 나도 그런 사치를 읽히지 않는 책으로 해보는 것이다.

나무들은 평생을 한자리에서만 산다. 모든 식물이 다 그렇다. 바람결에 씨가 날려 떨어진 땅이 운 좋게 싹을 틔울 수 있는 조건이 되면 그때부터 생을 마감할 때까지 그 자리가 삶의 모든 공간이다. 척박해 기름기 없는 땅이어도 방법이 없다. 수백 미터 높이의 절벽 사이 돌 틈이어도 어쩔 수 없다. 태생 자체가 복골 복이고 삶의 매 순간이 복불 복이다. 그런데 나무는 유불리를 따지지 않고 싹을 틔우기 위해 씨앗을 최대한 독하게 썩히고 발아할 수 있도록 조건을 만들어 간다. 성장을 하면서도 마찬가지다. 불만에 대하여 원인을 명확히 인지하고 불만에 불평을 만들어준다. 극복하지 못할 불만이 없음을 불평하듯 끊임없이 자신의 변화된 모습을 보여준다. 비가 오면 뿌리에 물을 최대한 저장하고 목마름을 대비하고 한 줌의 빛을 위해 가지를 교묘하게 꺾으며 잎사귀들이 광합성을 하도록 빛을 향한 열애를 시도한다. 가끔 기괴하게 가지가 휘어진 나무들을 보면서 아름답다고 느낀다. 그러나 그 아름다움이 나무에게는 처절한 생존이었다. 바람으로부터 꺾이지 않기 위해 몸통이며 가지들을 비비꼬은 결과물인 것이다. 나무는 복골 복, 복불 복을 나이테로 새기며 그렇게 태생의 환경을 비웃으며 자신의 환경으로 만든다. 나무처럼 인간도 태어남이 우연이고 운빨이다. 나무에게서 질긴 불만 해결법을 배워 볼만 하지 않는가.

나의 자서전은 이렇게 시작하고 싶다. 인생은 불만투성이로 시작했고 불평할수록 살맛이 나는 것이다. 그런 기록이 진짜 자서전 아니겠는가.

제4장

다른 시간 안에서

독백

천천히, 아주 느리게
한마디 한 호흡

마치 정지된 세계에서
정제된 정밀함에 빠진 듯
의미의 함정을 허우적거린다

가장 작은 말로
제일 깊은 숨결을 전한다

안녕
이 한마디 하기가
이토록 어렵다

다른 시간 안에서

초저녁 졸음에 빠졌다 밤이 깊자 눈꺼풀이 가벼워졌다. 새삼스러운 일도 아니다. 시간의 감도에 혼란이 생겼다. 잠을 자야 할 시간과 정신을 차리고 있어야 할 시간의 구분이 불분명해진 것이다. 이것만이 아니다. 먹어야 할 시간과 배설해야 할 시간도 제멋대로다. 시간의 규칙에서 해방되고 만 것이다.

어둠이 짙은 창밖은 비가 온 것인지 눈이 왔다 간 건지 가로등 아래가 젖어 있다. 한반도를 점령한 강추위가 몰아온 대설주의보에서는 빗겨나 있지만, 그 여파로부터 완전히 독립되어 있는 것은 아닐 것이다. 비든 눈이든 올 때 와야 하는 공간이면 좋겠다는 생각을 해본다. 지나치게 적게 오거나 오지 않으면 그 또한 정상적인 시간으로부터 외면당하고 있는 것은 아닌가 염려가 된다. 빈계산과 학산과 호산으로 둘러싸인 주거지가 자연재해로부터 안전함을 주는 것도 사실이지만 왠지 불편하기도 하다. 눈 덮인 산과 사람의 지붕을 보고 싶어지는 밤이다.

같은 시간에 있어도 다른 시간을 살아가야 하는 것이 서로 같을 수 없는 각자의 시간이다. 어떤 이들은 이 시간 맘껏 코를 골며 무의식의 세계를 탐험하고 있을 것이고 다른 이들은 풀리지 않는 실타래처럼 뒤엉킨 생각에 빠져 있기도 할 것이다. 그리고 나처럼 멀뚱거리는 신경성 박약 상태를 허우적거리는 사람도 있을 것이다. 모두가 이 시간이란 공간에 있지만 다른 시공간에 있음을 인정해야만 한다. 다름이 오히려 정당하고 편안하다. 같아야 한다는 것이 불안하고 정당하지 못한 것이다. 사람의 시간은 한 시간도 아니 한순간도 같은 시간을 살았다고 말할 것이 못 된다.

생각이 다르고 적응이 다르고 체감의 강도가 다르다. 시간은 머물고 있는 각자의 공간에서 누구나 에게 같은 양이 주어지지만 같은 정도를 정해주지는 않는다. 누군가에겐 찰나일 시간이 누군가에겐 억겁보다 징할 수도 있다. 정해진 규칙과 결정된 길을 가는 절대적인 시간도 겪어야 하는 상황 따라 상대적인 것이다.

너와 내가 다른 시간 안에 갇혀서 산다. 시간도 공간과 다르지 않아서 입장이 다르면 같을 수 없다. 같지 말아야 한다. 다른 시간 안에 나를 채워 넣는 것은 너무나 당연하다.

고독과 우울의 차이

무작정 커피가 한 잔 마시고 싶어졌다. 침침한 방에서 잠시라도 나를 밖으로 내몰아주고 싶었던 것이 커피 핑계를 만들었을 것이다. 겨울비 오는 소리가 거칠다. 우산을 들고 나왔다가 다시 지하주차장으로 가서 차에 올랐다. 시동을 걸 때까지도 어디로 가야겠다는 생각도 하지 않았다. 커피도 간절히 마시고 싶지 않았던 것이다. 목적지도 정하지 않고 현관 문을 아무 생각도 없이 닫고 나온 것이다. 운전대를 잡고 주차장을 빠져나와 이어지고 이어지도록 설계가 된 주택가 도로 따라 나도 모르게 습관적으로 수통골로 향했다. 두어 달이 넘도록 세차도 하지 않은 차의 지저분한 앞 유리가 몇 번의 와이퍼가 정해진 범위를 왔다 갔다 하는 반복운동에 깨끗해진다. 어쩌면 의도하지 않은 청소를 노력도 없이 해줄 수 있는 이런 순간이 불쑥 찾아와 줄지도 모르겠다는 맹랑한 상상을 해보게 한다.

테라스가 보이는 창가에 자리를 잡고 아메리카노를 주문한다. 테라스에 떨어져 파문을 만들어내는 빗방울을 멍하니 바라본다. 비는 지면에 닿자마자 자신의 몸을 섞어버린다. 눈처럼 형체를 유지하려고 애쓰지 않는다. 주변과 완벽하게 동화된다. 비의 적응방식을 배워 볼만도 할 가치가 충분히 있다는 생각을 해본다.

산 정상이 비가 만들어내는 안개에 가려 보이지 않는다. 뿌연 산 그림자가 커피숍 앞까지 내려와 있다. 우산을 받쳐 든 한 쌍의 등산복 차림을 한 중년 부부가 산책로를 따라 느릿하게 걸어 다닌다. 제법 굵은 빗방울을 맞으면서도 여유롭다. 나에게도 저런 느긋한 한가로움이 있었던 적이 있었을 것이다. 지금은 그때가 언제 있기나 했던가 기억을 떠올리는 것조차 마음이 우울해 빗방울 속으로 모든 신경을 밀어 넣고 있지만, 분명히 다시 그런 시간을 만져볼 변화가 찾아올 것이란 믿음을 만들어 본다. 그런 희망마저도 만들지 못하면 나에게 주어져 있을 시간이 너무나 부담스럽고 역겨워지고 말 것이다.

바로 옆 건물에 치매 요양원이 있는 커피숍 85도 C에는 병문안을 온 노인네들이 삶을 마감해가는 친구들에 대한 이야기들을 하며 한숨을 쉬었다가 자신들은 아직 건강해서 다행이라는 자축을 하기도 하며 달달한 라떼를 홀릭 중이다. 구석진 자리에 자리를 잡은 한 쌍의 연인은 오래된 관계를 지속하는 것인지 마주 앉아서도 서로에게는 별 관심도 없이 휴대폰으로 문자를 주고받고 멀리에 있는 누군가와 통화를 한다. 오래된 관계는 서로 소원해도 편안한 모양이다. 창 밖으로는 여전히 비가 굵기를 더해가고 일요일을 아무것도 하지 않고 보내기 싫은 사람들이 빗속의 길을 따라 산을 향해 올라갔다 내려오고 있다. 오늘 나는 이 풍경 속에서 완전하게 방관자가 되어보기로 한다. 타인의 삶에 개입하는 것은 자신의 삶에 자신감이 있거나 충실할 때나 하려고 드는 만용이다. 누구나 자신의 삶 속을 들여다 보여지는 것은 불쾌하다. 나 이외의 타인의 삶은 가급적 멀리 두고 개입하지 말아야 한다.

커피가 금세 밍밍하게 식어버렸다. 처음 받아 들었을 때의 그 뜨거움도 몇 번 입술을 대고 홀짝이다 보면 열기를 가라앉혀버린다. 사람과 사람의 관계와도 같다. 불꽃처럼 반짝이고 거푸집처럼 뜨거웠던 처음의 관계가 만남이 거듭되고 시간이 오래 지나면 서로의 온도를 확인하는 일에 소홀해진다. 당연히 처음과 같을 것이라는 착각 속에서 끊임없이 관계에 손상을 가하게 된다.

빗속의 사연들은 대게 일요일 오후처럼 평범하다. 격정적일 온도가 아니기 때문이다. 비가 오는 날의 기온은 항상 영상이고 그다지 춥지도 않다. 덥다가도 비가 온도를 내려줌으로 시원한 편이다. 그러한 연유로 비가 오는 날에 사람들은 평상시보다 좀 더 느긋해진다. 긴장감이 풀어진다. 비가 사람들에게 주는 긍정적인 쉼의 효용이다.

다만 고독한 사람들은 더 고독해지고 외로운 사람들은 더 외로워지고 허전한 사람들은 한없이 마음이 아파진다. 한때 나는 고독과 우울의 경계를 혼동했다. 고독한 것이 우울한 것과 무엇이 다른가에 대하여 회의를 품은 것이 사실이다. 그러나 이제 와서 골몰해보니 고독과 우울은 그 근본이 다르고 사람을 대하는 방법도 확연히 다르다는 것을 알게 되었다. 고독은 사람으로서 누릴 수 있는 가장 깊고 높은 사색의 세상으로 안내하고 끊임없이 자신을 채근질 하여 새롭게 삶을 설계하고 미래를 구축해 가도록 해준다. 그래서 고독한 사람들이 위대한 세상을 만들어 가고 고독한 사람들이 만들어 놓은 세상에서 우리는 지금 살아가고 있게 된 것이다. 인류의 모든 빛나는 문명과 사상과 문학은 고독한 사람들이 이뤄놓은 결과물이다. 그러나 우울은 처음엔 고독을 모방하여 찾아오지만, 정신을 황폐화시키고 행동과 마음조절에 심각한 위 해를 가해 사람에게 치명상을 가한다. 고독은 새로운 질서를 만들어가는 창조지만 우울은 감당하기 힘든 정신병인 것이다. 우울증은 스스로의 치유 노력만으로는 완치가 요원한 불치병처럼 달라붙어서 심신을 갉아댄다. 그러다 극단적인 선택을 하게 만드는 경우가 많다. 나는 지금 고독한가, 우울한가. 나는 새로운 세상으로 나가려고 탈각의 시간에 있는 것인가, 죽음으로 가는 급행열차의 좌석을 예약하고 있는 것인가. 모호한 경계에 있다.

잎이 푸른 소나무의 직립을 물끄러미 보면서 산이 아니라 나무가 되고 싶다는 생각을 해본다. 산을 이루는 나무가 돼서 지면에 내리자마자 지형에 섞여버리는 빗물처럼 나도 산속에 섞여버리고 싶다. 하염없이 비가 내리는 수통골 카페에 앉아 나는 지금 고독한 것인가, 우울한 것인가.

다만, 뜨겁게 살자

생을 이어감이 선택이면 생을 접는 것도 역시 선택이다. 겁이 나지 않는다면 거짓이다. 그렇지만 그 선택을 할 수 있는 동안이 삶의 의미가 충만하다 할 것이다. 선택마저도 포기되어야 한다면 정말 무서운 일이다. 나는 가장 신속한 선택을 할 것이다. 선택의 기회를 놓치고 무의미하게 나를 죽은 시간에 종속시켜버릴 수는 없다. 내가 나를 자유로부터 속박으로 던져 넣는 자책을 만들지 못하겠다. 그렇게 하는 것이 무감각의 의식을 연명해야 하는 불행을 자초하지 않는 것이기 때문이다.

다만, 뜨겁게 살아야겠다. 충만한 의지로 사는 시간을 의미로 의식을 꾸미며 타오르는 불꽃 같고 싶다는 것이다. 부끄럽지 않았으면 좋겠다. 남겨진 흔적이 어설프더라도 손가락질로 더럽혀지지 않기를 바란다. 선택을 선택할 수 있을 때, 나는 나를 완벽하게 끝낼 수 있다고 믿는다. 단지 빚을 남기고 싶지는 않다.

살아버린 흔적에 이미 남은 빛이야 그럴 수밖에 없다고 치더라도 달갑지 않게 떠넘길 정신의 혼돈을 남기진 말아야 한다.

너무 아프다고 말하지 말자. 지나치게 머뭇거리지 말자. 뜨거움 속에 빠져 모든 것을 불사를 수 있어야 한다. 남길 필요가 있는 것은 없다. 내 존재의 뜻이 다했다는 것을 인정하면 된다. 연기처럼 이 아니다. 바람처럼도 아니다. 순간의 흩어짐이다. 소멸이다. 뜨겁게 살았다면 소멸도 찰나다. 불꽃처럼 타올랐다 불티처럼 가는 것이다.

도도하게 사라지고 싶다. 내 삶의 모든 힘을 다해 뜨겁게 단 한 순간을 불사르듯 지켜내고 있는 까닭이다.

날개

어디로 가든지 어디에서 꾸물거리던지 상관없어요. 나름 잘 살아왔고 앞으로도 그럴 테니. 지루함 속에 빠져 허우적대며 살기도 했고 속도를 따라가지 못해 허둥지둥하기도 했지요. 누구나 자신에게 자신을 사랑하는 방법을 찾아주고 싶을 겁니다. 나도 나에게 그런 방법을 갖게 해주고 싶어서 항상 머리와 가슴을 굴리고 있어요. 나를 따뜻하게 대해줘야겠다는 것 말고는 더 특별한 방법을 아직까지 찾지 못하고 있어요. 가끔 누군가를 그리워하며 살아도 좋겠다는 생각을 하며 나를 사랑해줄 방법이 아닐까 질문을 하곤 합니다.

그래요. 오래전 잊었다고 믿었지만, 기억의 바닥을 채우고 있었다는 것을 부정할 수는 없겠네요. 보고 싶어요. 당신의 뒷자리에 드리워져 있을 로맨틱한 실루엣을. 그러나 이제는 볼 수 없단 걸 알아요. 지나버린 일은 내가 지켜내고 싶다고 나의 것으로 멈춰놓을 수만은 없다는 것을 알지요. 뒤로 사라지거나 지난 시간은 누군가가 다시 딛고 올 공용의 것이 된 것일 테니까요. 그렇다고 해도 보고 싶다고 이제 말하며 살아도 될 것 같네요. 공기 중에 부유하고 있는 시간의 추억을 손가락으로 잡아봐도 될 정도로 통증을 견뎌냈으니까요. 그럴 자격을 나는 스스로 만들어 냈어요.

많이 아파요. 이제 접어놓았던 날개를 펴야겠어요. 어디를 향해 날아야 할지는 날갯짓을 하면서 정하면 될 거예요. 다만 날아갈 수 있다는 날개가 있는 것만으로도 충분히 충분을 만족시키는 거지요. 생각의 날개를 활짝 폈어요. 그곳에 도달해도 여전히 아플 거예요. 가고 싶은 곳에 이르렀다고 사라질 아픔이라면 애초부터 고통이 심하다는 엄살을 부리지도 않았겠지요. 아프면서 살 겁니다. 그러나 그때마다 마음의 날개를 넓게 펴고 훨훨 날갯짓을 하면서 다른 시간과 공간으로 가볼 겁니다.

그곳에서도 아마 당신을 그리워하겠지요. 그럴게요. 그 그리움도 내가 지닌 아픔의 하나니까요. 그리움을 간직한 날개를 접었다 폈다 하며 목숨 다하는 시간까지 이동과 정착을 멈추지 않을게요. 머물고 있는 공간을 뒹굴어도 보고 구석구석에 쭈그려 앉아도 보고 모든 할 수 있는 시간 자체를 점령해볼게요. 벗어내지 못할 등짐을 진 순간부터 나는 이렇게 살아야 하는 운명을 스스로 선택한 것이니까요. 원망은 없어요. 두려움도 아니에요. 선택한 순간 이미 숙명으로 받아들인다는 맹세를 했다고 나를 설득했으니까요.

많이 아플 게요. 많이 그리워할게요. 그럴수록 더 많이 참을게요.

오늘이라는 시간

겁 없이 하고 싶은 것을 하기 위해서 모든 힘을 다할 수 있을 때가 진실로 행복한 시간이다. 하고 싶은 일이 있고 되고 싶다는 것이 있다는 것도 다 때가 있다. 사람이 자신에게서 존재감을 느끼는 것을 게을리하기 시작하게 되면 행복과는 거리를 멀리 두게 되고 만다. 어떤 것을 하고 있어도 즐겁지 않고 어떤 일을 이뤄내도 벅차지 않게 된다. 자신에게서 자신의 모습을 보는 일이 점점 싫어지게 되면 그렇게 될 수밖에 없다.

오늘 나는 아무것도 하지 않았다. 아무것도 하기 싫어졌고 할 수가 없었다. 빈둥거리며 소파에 앉아 엉덩이가 아플 때마다 잠깐씩 일어나서 냉장고에서 물을 꺼내 마시고 캔맥주 두어 개를 따서 뱃속에 밀어 넣었다. 텔레비전을 보지 않아도 볼륨을 높여 항상 틀어놓았다. 실내에 정적이 못 견디게 무서웠기 때문이다. 가끔 보게 되는 연속극의 장면들에서 병든 사람들의 이야기가 나오면 무작정 눈물을 흘렸다. 부모와 자식 간의 다정한 모습을 보게 되도 애타는 사연들을 보게 되도 훌쩍거리며 눈물을 흘렸다. 동물의 왕국이라는 프로그램에서 초원에서 사냥을 하고 사냥감을 들개 떼로부터 지키기 위해 온 몸을 던지길 반복하는 하이에나의 모습을 보면서도 서럽게 울었다. 하이에나의 엉덩이와 다리를 할퀴고 물어대는 들개 떼의 끈덕진 집념에도 감동이 되어 또 울었다.

잃어본 사람만이 가지고 있는 시간의 기쁨을 온전히 기억한다. 지킬 것을 지켜내지 못한 사람만이 상실의 허전함이 어떻게 마음을 황폐시키고 정신을 변질시켜가는 것인지 안다. 오늘이라는 시간 안에서 지나간 시간을 돌이켜보기를 아무리 반복해도 이제는 견뎌낼 수 있는 기운을 차리는 길만이 살아갈 수 있도록 해준다는 것을 깨닫고 깨달을 뿐이다. 하루 종일 무서움에 마음이 떨렸다. 혼자 있어야 한다는 것이 이처럼 무서운 일이라는 것을 처음으로 알았다. 숨 막힐 것 같은 집안의 공기와 정적이 몸을 칭칭 조여 메서 바둥거릴 수가 없었다. 눈을 감으면 어김없이 가장 아픈 순간들이 선명하게 떠오르고 실제처럼 가슴을 파고들었다. 죽는 날까지 이제 혼자라는 시간에 적응을 해야 할 텐데. 이 처참한 무서움에서 벗어날 수 있게 될지 기약할 수가 없다.

잠을 자기가 두려워서 환하게 불을 켠 채 있다가 새벽녘이 되어서야 잠깐 눈을 붙인다. 잠깐의 잠 속에서도 악몽은 지속되고 진득하게 베어 나오는 땀을 닦다가 깨곤 한다. 나의 오늘이라는 시간이 언제까지 이렇게 지속될지 알 수가 없다. 지금은 그냥 그 시간에 곤두박질쳐 있어야 할 때라는 것을 인정한다. 어둠이 밀고 들어오려는 창 밖을 보면서 나는 이 밤을 보내야 할 일이 또 무서워진다.

다시 하는 안부

멈췄던 비가 다시 온다. 한참을 걷다 올려다본 하늘이 낮게 내려와 있다. 이마에 떨어지는 찬 기운을 나는 닦아내지 못하겠다. 목이 아리고 숨이 막힌다. 처음 사랑을 할 때도 이랬다. 알 수 없는 벅참 들이 나를 놓아주지 않아서 열 감에 속박되어 살았다. 지금은 다른 열 감이지만 증상은 그때와 다르지 않다. 상실감이 더 큰 열을 몸에 새긴다는 것을 모든 순간마다 느낀다.

못 견디게 네가 보고 싶어 두툼한 빗방울을 뒤집어쓰며 너에게 갔다. 막상 막막함 때문에 백치처럼 동공이 움직이지 않았지만, 마음만은 진동이 잦아들어서 좋았다. 살아있을 때는 외면하고 싶었던 고통들마저도 소중하고 값졌다. 돌아오는 차 안에서 운전대를 손톱으로 파며 생살을 떼어내듯 아팠다. 미안하다. 끝내 너를 지키지 못해서, 끝내 너를 놔줘야 해서.

현관문을 열고 들어오자마자 아무도 없는데도 뻘쭘해서 화장실에 들어가

물을 틀어놓고 흐느꼈다. 수도꼭지에서 떨어지는 물소리에 미치지는 못하지만, 최선을 다해서 울어버리는 것이 좋을 것 같아서 입을 막지도 않았다.

다시 동굴에 들어왔다. 나에게 집은 동굴일 뿐이다. 오로지 나만을 수용해줄 수 있는 동굴이다. 너의 안부를 묻고 너를 추억하며 너와 말을 자유롭게 할 수 있는 울림이 있는 동굴이 무서우면서도 벗어나기가 싫다.

내일은 맹추위가 또 온다는군. 추우면 추운 데로 지낼게. 아프면 아픈 대로 지낼게. 얼마나 추울려는지 벌써부터 바람이 산비탈을 내려와서 창문을 세차게 밀고 있네. 오늘 너에게 하는 안부의 말은 비바람 같은 썰렁함이겠지만 나의 동굴에서 함께 있어 줘서 고맙다는 말이야. 고마워.

뻔한 뻔뻔함

뻔뻔하게 살아야 하는데 뻔하게만 산다. 어제도 빗나가지 않았다. 오늘도 어긋나지 않는다. 물론 내일도 뻔할 것이다. 예상을 벗어나지 않는 생활의 달인이 돼 간다. 이 뻔함을 뒤틀어 보고 싶어서 작은 카페에 홀로 앉았다. 뻔뻔해지고 싶은 거다. 테이블을 차지하고 앉아 있는 여럿의 사람들의 두런거림 들이 거슬리지 않는다. 저들의 시간 속에도 뻔함과 뻔뻔함이 치열하게 공존하고 있을 것이다. 그래서 사람들은 익숙하지 않은 곳에 가끔 자신을 방치하고 싶은 욕망에 빠지고 실제로 실행을 하기도 할 것이다.

익명의 숲에선 낯선 자의 편함을 조금쯤 누려도 좋다. 삶의 분량을 채우기 위해 무엇이라도 하려고 할 필요도 없다. 비워놓아도 상관없다면 억지로 채우지 않아도 된다. 뻔뻔함은 편함과도 상통한다. 얽매이지 않음이 뻔뻔함이기 때문이다. 또한, 자유이기도 하다. 결국, 나는 나를 옥죄고 있는 현실로부터 자유로움을 누리려는 소기의 목적을 달성하기 위해 뻔뻔함을 거론하고 있다는 것을 깨닫고 만다.

먹고 싸는 비례의 중대함

먹는 것은 엄청 챙기며 산다. 어느 골목, 어느 지점에 있는 삼겹살 구이가 맛있는지, 콩나물국밥이 개운한지. 어떤 길에 위치한 건물의 몇 층에 있는 스테이크하우스의 고기가 살살 녹는지, 스파게티가, 피자가 우아하게 폼 내며 먹을 수 있는지. 방송프로그램도 빠짐없이 맛 집을 탐방해 가고, 보는 것만으로는 성이 차질 않아서 직접 먹어보고 평가를 하는 먹방이 유행하더니 이제는 직접 레시피를 따라 하며 만들어 먹는 쿡방이 대세로 방송가를 점령했다. 스타 쉐프들이 웬만한 연예인보다도 인기가 높고 방송 출연 횟수도 많아졌다. 이들은 아예 예능프로를 골고루 섭렵하기도 한다. 먹는 것은 이제 단순한 생존의 행위에서 예술의 단계로 승화되어가고 있다고 해도 전혀 과언이 아니게 됐다.

그런데 먹는 것만큼이나 중요한 싸는 문제에 대해서는 왠지 드러내기를 불편해 한다. 감추고 싶거나 모른 척하고 싶어진다. 실상 먹는 것보다도 얼마나 어떻게 싸는가가 중요함을 모르지는 않을 것이다. 먹지 않으면 죽을 수 있다 당연히 싸지 못하면 또한 죽을 수 있다. 먹고 마시는 만큼 소변으로 대변으로 싸야만 한다. 소화과정에서 영양분을 흡수하고 체내에 소량이 배출되지 않고 남은 양을 제외하더라도 먹은 양의 대부분은 배출되어야 정상이다. 오늘날을 사는 사람들은 돈이 없어서 못 먹고 배곯아 죽는 경우는 거의 없다. 아프리카나 세계 어느 곳의 빈민 지역의 일부를 제외하고는 그렇다고 단언할 수 있다. 오히려 너무 기름지고 많이 먹어서 탈이 난다. 필요 이상의 영양섭취가 신체 장기들의 불균형을 초래하고 과영양이 축적되어 현대병이라고 할 수 있는 성인병을 만들어 낸다. 몸에 영양분이 넘쳐나다 보니 암도 자연스럽게 잉여 된 영양분을 나눠 먹으며 더 많이 발생하게 된다. 병사의 대부분이 암이라는 것은 어쩌면 잉여의 문제가 가장 큰 원인일지도 모른다.

부족이 재앙을 불러오기도 한다. 과거에는 그랬다. 오늘날과 같은 경제발전이 이뤄지기 이전 농경이나 목축의 사회였을 때는 먹는 것의 부족이 전쟁을 만드는 중요한 이유였다. 그러나 부족은 부족한 만큼의 충족이 일어나면 더 이상의 진행을 중단한다. 하지만 과잉은 재앙이 아니라 풍족과 여유로 받아들여져 더 많이, 더 높이 쌓으려고만 한다. 쌀 한 말을 가지면 두 말, 서 말을 탐내고 초가삼간을 가지면 고래 등 같은 기와집을 소유하기 위해 끊임없이 노력한다. 우리가 지금 누리는 풍족은 이러한 인간 본성이 이뤄놓은 찬란한 결과물임에 틀림없다. 그렇다고 하더라도 끝없는 축적에 대한 욕망은 이제 제어될 줄도 알아야 한다. 탈이 나지 않을 정도를 지킬 줄 알아야 병에 침범당하지 않고 건강하게 살 수 있다.

먹는 것만큼 싸는 것이 중요하다. 그 비례성의 중대함을 무시해서는 안 된다. 싸는 것이 수치스러운 행위가 절대 아님을 알면서도 감추려고 하는 것은 아이러니가 아닐 수 없다. 병원에 입원한 환자들은 시간시간 먹는 양과 싸는 양을 체크를 한다. 투입된 양에 비례하여 배출이 되지 않으면 과잉으로 인한 합병증이 발생해 생명에 치명적인 위 해를 가하기 때문이다. 그렇다고 적게 먹고 많이 싸는 것도 문제다. 탈진이 찾아와 역시 생명을 위독하게 하기 때문이다. 맛집 탐방, 먹방, 쿡방도 좋지만 이제 어떻게 싸야 하는지, 잘 싸려면 어떻게 생활을 해야 하는지, 싸는 문화의 중대함이 창피하거나 기피가 아니게 자연스럽게 받아들여지는 방송도 자리를 잡아야 하지 않을까 생각해 본다.

가을소묘

처서가 지났다. 가을에 들어선다는 입추가 지난 지 보름이 넘었다는 시간의 알림이다. 그러나 아직 가을이라고 하기엔 무리가 있다. 먹구름과 흰 구름과 햇빛이 수상한 동거를 하는 하늘은 모종의 불확실한 계획을 공모 중이다. 비가 왔다가 바람이 세게 불기도 한다. 햇빛이 강렬하다가 순식간에 컴컴해지기도 한다. 이질적인 기운들이 서로의 경계를 불분명하게 공유하고 있는 날씨가 며칠째 계속 반복된다. 무릇 가을이라고 하면 선선한 바람이 끕끕한 습기를 말리고 눈부신 하늘이 파랗게 깊어진 상태를 말한다. 그러나 아직 습도가 높아 끈적거리고 하늘은 푸른빛에 가깝지 않다. 칠석도 지나고 백로도 지나야 비로소 가을의 언저리에 도달하지 않을까 염탐을 할 수 있을 뿐이다.

팔월은 여름과 가을의 경계라고 할 수 있다. 찜 솥 같은 더위가 절정을 이루는 것도 경계를 넘겨주기 위한 마지막 몸부림쯤으로 받아주면 될 것이다. 그렇게 경계를 넘어 가을이 오면 세계의 질서가 확연히 바뀐다. 나뭇잎은 짙게 갈무리하고 있던 푸르기만 한 녹음에서 물기를 증발시키며 투명해진다. 벼들은 나락에 살을 찌우기를 서서히 멈추고 영글 준비를 한다. 과일과 채소들도 크기에 집착하던 시간을 나와서 내부를 튼실하게 다진다. 여름이 강렬한 태양의 기운을 광합의 화학적 반응으로 바꿔 외적 성장을 추구하는 계절이라면 가을은 내부를 단단히 하는 계절인 것이다. 사람도 방법은 다르지만 이와 비슷한 경계를 넘는다. 더위를 피해 에어컨이 돌아가는 실내에서 좀처럼 움직이지 않던 사람도 가을바람이 불면 그동안 하지 못한 광합성이라도 할 것처럼 가벼워진 몸을 산책로로 보낸다. 여름내 불타는 공사장에서 소금물로 염도를 맞추며 비지땀을 흘리던 인부들도 서늘한 그늘에서 한시름 놓는다. 바다로 계곡으로 일상을 탈출했던 사람들도 더 이상 더위를 핑계로 산과 바다를 찾지는 않는다. 생활의 세계가 바뀌는 것이다. 생활의 세계에 그어진 경계를 넘게 되면 육체적 평화를 좇아가는 시간으로부터 탈피하여 정신적 안도를 위해 내면의 세계를 들여보게 된다. 그래서 가을은 사색이 잦아지는 계절이 되는 것이다.

투명해진 나뭇잎들이 녹색의 기운을 빼고 화려한 변신을 하기 위해서 시간을 밀고 나아간다. 나무는 겨울을 견디기 위해서 본능적으로 나뭇잎에 저장된 양분마저도 줄기와 뿌리로 옮겨놓고 더 이상 나뭇잎의 활동을 허락하지 않는다. 우리가 탄성을 자아내면서 보는 단풍은 실상 나무의 생존본능으로부터 기인한 생명활동의 잠정휴면의 결과물이다. 그렇다고 할지라도 단풍은 가을을 경이롭게 해준다. 울긋불긋한 잎들을 보며 맑게 물이 흐르는 계곡을 따라 걷는다는 생각만으로도 얼마나 차분해지는가. 얼마나 가슴 깊어지는가. 잊혀진 줄 알았던 옛사랑의 연인이 떠오르고 그때의 그 아련한 사랑의 감흥들이 마음에

잔잔한 그리움이 익어가게 해준다. 지나간 시간이 문득문득 그림처럼 떠올랐다 사라지며 추억의 유채화를 머릿속에 그려준다. 단풍 길을 걷는 동안에는 한없이 즐거워진다. 아름답고 행복한 기억들만이 단풍잎에 새겨진다.

가을의 단풍은 어디를 가든 아름답다. 사계절이 뚜렷한 곳에서 산다는 축복에 고마워해야 할 일이다. 온 산이 색색의 옷을 갈아입은 오솔길을 걷는다는 생각만으로도 벌써 행복해진다. 설악의 웅장한 단풍 숲도 내장산의 폭넓은 단풍 길도 백양사의 아기자기한 애기단풍의 길도 다 멋지다. 그러나 그 모든 단풍의 길 중에서도 선운산의 단풍을 나는 최고로 친다. 계곡을 따라 펼쳐지는 풍경은 마치 깊은 바닷속 산호초들의 춤사위 속으로 들어가는 것과도 같다. 소슬바람은 물결처럼 일렁이고 계곡물에 몸을 누인 단풍잎은 미지의 세계를 향해 떠나는 조각배와도 같다. 숲 깊은 곳으로 들어갈수록 몸에 배기 시작한 단풍의 색들이 걸어가는 사람의 나무가 되도록 만든다. 단풍나무가 돼보는 가을을 품에 안을 수 있다면 최고의 가을을 보낼 수 있지 않겠는가.

선운사 단풍 숲을 걸어본 지가 오래되었다. 때가 되면 마음은 항상 가 있는데 이런저런 핑곗거리들이 선뜻 갈 수 없게 했다. 올 만추에는 가깝다는 이유로 쉽게 둘러봤던 계룡산 동학사나 갑사 혹은 신원사가 아닌 선운산에 가봐야겠다. 낙조대에 올라 아스라이 보이는 바다를 배경 삼아 내 살아온 날들에게 깊이 고개 숙이고 붉게 뛰는 심장을 한 장의 사진에 담아와야겠다. 선운사 동백나무 숲 앞에 주저앉아 살아가야 할 날들을 위해 동백꽃보다도 붉은 눈물 흘려야겠다. 대웅보전 문턱에서 가장 겸허하게 낮은 자세로 몸 기울이며 진득한 삶의 깊이를 위해 합장을 해야겠다. 산을 내려와 풍천장어에 복분자주 한 잔 천천히 입에 굴리는 맛 호강도 시키는 금상첨화의 여행을 해야겠다.

가을 타다

나는 유독 가을에 약하다. 초가을 하늘이 깊어지기 시작하면 몸에서 이상 반응이 시작된다. 멜라닌이 과도하게 분비되는 것인지 낮게 마음이 가라앉기 시작하고 등이 결려온다. 다음엔 허리가 뻐근해진다. 그리고는 결림과 뻐근함이 온몸으로 퍼진다. 처음엔 가벼운 몸살처럼 왔다가 바람이 차가워질수록 신열을 동반한다. 결국, 하루 이틀쯤 심각하게 앓아누워야 한다. 병원을 찾아 주사를 맞고 약을 처방받아도 매번 가을이면 반복되는 가을 맞기는 개선이 되지 않는다. 선천적으로 가을을 잘 타는 체질이라고 인정해준다. 가을이 오기 전에 지난 시간을 복습하지 않기 위해 스스로 조심하고 운동을 하기도 하고 잦았던 술자리도 피해보지만 약발이 먹히지 않는다. 올 가을도 초입부터 몸이 격하게 반응을 시작한다. 그냥 아프다. 그저 쓸쓸하다.

가을 맞기

벌써 아픕니다/ 가을은 이제 시작일 뿐인데/ 몸이 말을 해옵니다/ 무얼 했냐고/ 무엇 때문이냐고//이유는 필요 없는/ 군더더기일 뿐입니다/ 그냥 아프고/ 그냥 쓸쓸하고/ 밑도 없이 고통에 잡니다// 벌개미취처럼 잎을 세우고/ 활짝 스산합니다/ 나는 항상 이토록 뻔히/ 가을에 노출되기 시작할 따름입니다

여름의 혹독한 더위에 기진맥진했던 몸이 스스로 정화를 시작하는 것이라고 믿어주기로 한다. 가을을 탄다는 것이 다가올 겨울을 준비하는 신체와 정신의 사전활동일 것이라고 믿기로 한다. 그러나 몸의 이상 신호는 앓고 나서면 치유가 되지만 마음의 가라앉음은 가을이 다 지날 때까지 지속이 된다는 것이 문제다. 일상을 벗어나려고 바둥거리고 억누르며 살았던 시간으로부터 일탈이 수시로 시도가 된다. 바람에 흔들리는 풀잎만 봐도 가슴이 한없이 젖어든다. 나뭇잎이 지면 한 잎의 나뭇잎을 주워들고 잎맥이 뼈를 드러낸 나뭇잎의 세계로 깊이 빠져든다. 맑은 소리를 내며 흐르는 계곡의 물소리만 들려도 숲속으로 들어가 시체처럼 누워서 한없이 고요해지고 싶어진다. 실제로도 그렇게 한다. 약속한 시간과 장소를 잃어버리고 문득 정신을 차려보면 소슬바람이 잔잔한 나무 그늘 아래에 앉아 멍하니 하늘을 보고 있기도 하고 갈댓잎이 바람의 노래를 대신해주는 강둑에 앉아 흐름을 멈추지 못하는 강물을 하염없이 바라보고 있기도 한다.

가을은 나에게 한없이 깊어지라고 한다. 삶의 속도를 늦추고 한 지점에 멈춰 스스로의 내면으로 들어갈 것을 요구한다. 무리하게 앞만 보고 나아가던 시간

으로부터 빠져나와 미처 챙기지 못하고 지나쳤던 작은 일들을 되새겨내고 작아서 작은 것이 아니라 작다고 무시해서 작아져 버렸다는 것을 깨닫도록 한다. 삶의 시간 속에 작고 크고를 구분하면 안 된다. 모두가 나로부터 시작하고 나와 함께한 것이라면 소중함에는 크기를 따질 성질의 것이 아니다. 가을은 나에게 사소하다고 도외시했던 일들에 대하여 되돌려 보고 잘못을 각성하도록 한다. 그래서 그만큼 아파야 한다고 본때를 보여준다. 가을을 탄다는 것은 그런 것일 거라고 나를 다독인다.

바람도 나에게 부는 만큼만 받아들인다. 나를 벗어난 바람까지 내가 안을 필요는 없다. 견딜 수 없는 무게를 끌어안고 앞으로 나아가지도 못한다면 쓸모없는 집착으로 나를 망가뜨릴 뿐이다. 집요함은 감당해야 할 충분한 이유가 있을 때만 발휘해야 한다. 그렇지 못하면 쓸데없이 무게만 늘리게 된다. 가을은 지나쳤던 일들을 반추해야 하기도 하지만 반대로 버려도 될 것을 지니면 안 된다고도 일러준다. 비우고 채우고 적절한 상태의 균형을 이루라고 가을은 나를 아프게 채근한다. 가을을 타는 것은 그런 까닭이다.

더 아파 봐야겠다. 더 외로워져야겠다. 더 고독해져야겠다. 그리하여 인지하려 하지 않았던 과오에게 타박을 원 없이 받도록 해야겠다.

가을비 소회

밤사이 내리던 비가 아침까지 이어집니다. 가을비는 별 쓸모가 없다지만 쓸모없을 리가 있겠습니까. 김장 배추씨가 싹이 트도록 해줄 것이고 가을 상추와 무도 몸을 만들도록 기분을 돋궈줄 것입니다. 개울가나 나지막한 언덕에서 쑥쑥 키를 올리는 갈대와 으악새에게도 힘을 더해줄 것입니다. 구절초는 꽃을 터트리고 산국화는 앙증맞은 꽃잎에 빗물을 태워 올려놓을 것이 분명합니다. 비실비실 말라가는 내 몸에도 물의 기운을 보태줘 살이 오를 수 있지 않을까 기대해봅니다.

나무들의 푸른 잎사귀가 색깔을 바꿀 준비를 시작하고 있습니다. 9월의 끝은 10월을 맞기 전에 아마도 단풍들 채비를 마칠 것입니다. 지금 오고 있는 가을비가 그 준비의 피날레를 만들어 주고 있겠지요. 성장을 멈추고 알맹이를 여물어내기 시작한 벼들도 누렇게 단풍 물이 들 것입니다. 가을이 그렇게 저마다의 색깔을 갈아입도록 마지막 다독임처럼 가을비가 오고 있습니다.

새벽 빗소리에 가슴 젖어 들며 나는 더더욱 깊어질 가을의 오색단풍 속으로 미리 가보겠습니다. 흩날리다 깔린 나뭇잎들의 마지막을 부둥켜안고 쉬엄쉬엄 깊어지고 싶어 하는 가을이 오기를 기다리겠습니다. 낙엽 속에 숨은 도토리를 잽싸게 낚아채서 돌 틈으로 사라지는 다람쥐와 다람쥐가 숨어든 틈을 몰래 도사리고 있는 능구렁이가 서로의 생을 팽팽하게 지켜내고 있는 가을 숲에서 나도 내 생의 짧은 휴면기를 준비하며 가을의 길목을 지키고 있겠습니다.

잘 살지 못하는 이유

잘 사는 것이 어떤 것인지에 대해서 생각해본다. 막연히 잘 살기 위해서 열심히 산다. 잘 산다는 정의가 무엇일까. 물질적인 풍요로움을 누리고 살아가는 것. 정신적인 넉넉함을 품고 살아가는 것. 만사가 모두 무사태평한 것. 꼭 이것들이 모두 충족되어야 잘 산다고 할 수가 있는 것일까. 다 갖출 수 있다면 더할 나위가 없겠지만 누구나 이 필요 충분한 것들을 소유물처럼 모아서 살지는 못한다. 사는 것이 결코 만만하지 않다는 것을 알면서 살아간다. 그래서 우리는 대부분 잘 살지 못한다고 생각하게 된다.

잘 살기 위해서만 살기 때문이다. 잘 살기 위한 노력은 더한 노력들을 해야 한다고 우리를 부추기고 항상 부족과 부재의 흔적들을 쫓아간다. 일은 해도 해도 끝이 없고 돈은 벌어도 벌어도 덜 벌리고 옷은 입어도 입어도 만족스럽지 않다. 그뿐인가. 배고픔을 면해도 더 맛있고 비싼 음식을 생각하고 나에게 잘

해줄 수 있는 사람은 사귀고 사귀어도 모자란다. 불만이 우리를 다그치기에 잘 살지 못하는 것이다.

잘 살려고만 하지 말고 흐르는 데로 살면 어떨까. 모자라면 모자란 데로, 넘치면 넘치게 그냥 두고 있는 만큼, 누릴 수 있을 정도만. 순응하면서 자신을 방치하면서 살게 되는 것이 잘 사는 길이 아닐까.

이제부터 나는 나에게 그렇게 해주고 싶다. 채우려 할수록 못 살게 된다. 사랑도 정도 믿음도 더 채우려 하다 이별을 하고 정떨어지고 배신을 맛보게 된다. 들어오면 받아들이고 나가면 보내주고 내 것인 것만 내 것으로 받아 챙기고 아직 모호하거나 내 것이 아닌 것에는 마음을 주지 않으며 살아가야겠다. 나에게 편안함을 주는 것이 나에게 잘해주는 가장 원시적인 시작이고 잘 살 수 있도록 해주는 초석이다.

머뭇거림이란 그물에 걸리다

이랬다저랬다 하는 겨울 날씨 때문이라고 핑계를 만든다. 비가 오다 눈이 온다. 맵게 추웠다가 혼곤해지는 마음처럼 날이 풀린다. 겨울은 어딘가로 자신을 떠나 보내기에는 적절하지 않은 계절이다. 머뭇거림의 그물에 걸려서 나는 파닥거리고 있다.

밥 대신 몇 잔의 술을 마시고 어둠이 짙푸른 색이 아닐까 의심을 하면서 멀리 산꼭대기와 하늘이 닿아 있는 곳의 경계선을 본다. 산과 하늘이 어둠을 틈타서 밀접하게 가까워져 있다. 서로 다른 세계도 어둠은 서로를 불러주도록 해주는 접착력을 가지고 있다. 뱃속에 들어간 술기운이 내 몸속의 어둠과 동화되어 다른 한 세계를 만들고 어둠이 결코 검은 것만으로 단정할 수 없다고 인식시킨다. 나는 푸른 어둠 속을 유영하는 한 무리의 자리 돔 사이에 끼어든 쥐뱅이가 된다.

떠나기 위해서 속옷 두어 벌을 챙기고 양말도 챙기고 마지막으로 칫솔을 백팩에 넣는 것으로 간단한 준비를 마친다. 혼자 어딘가를 가기 위한 준비는 실상 마음을 정하는 것이면 된다. 다른 준비물들은 떠난다는 사실을 수긍하게끔 하는 형식적인 것일 뿐이다. 푸른 어둠 속을 자유롭게 유영하려면 짐이 없이 가벼워야 한다.

그런데 이 떠남에 심각한 결함이 있다는 것을 늦게야 인식하게 된다. 갈 곳이 없다는 것이다. 가고 싶은 곳이 떠오르지 않는다는 것이다. 아니다. 혼자서 감행해야 하는 떠남이 낯설다. 두렵다. 지금껏 단 한 번도 목적 없이 혼자서 해본 여정이 없기 때문이다. 겨울 때문이라고 이유를 만들며 머뭇거림을 정당화하고 있지만, 사실은 겨울이 원인이 아니다는 것을 이미 알고 있으면서도 혼자여서 떠나지 못하는 두려움을 외면하고 싶었던 것이다. 갈 곳이, 가고 싶은 곳이 없는 것이 아니다. 무서워하고 있는 것이다. 혼자는 처음이라 익숙하지 않은 것이다.

지퍼가 잠긴 백팩을 바라본다. 어깨끈이 가지런하다. 언제쯤 둘러메고 세상 속으로 섞여 들어갈 수 있을지 난감하다.

편두통

무거운 생각들이 폭발해 출구를 찾기 위해서 한쪽 머리를 두드린다. 지나치게 무거워지면 가라앉거나 비워내기 위해서 스스로 자정작용을 하는 것이 사람의 몸이다. 머리라고 다를 것이 없다. 오른쪽 귀 위쪽 머리의 일정 부분이 예리한 칼로 도려내는 듯 아프다. 편두통약을 먹어도 효과는 없다. 약사는 몸에 마그네슘이 부족하면 자주 편두통이 오는 것이라고 조언을 한다. 수많은 성분 중에 어느 것 하나라도 과하거나 부족하면 탈이 난다. 균형, 나에게 지금 가장 필요한 가치다. 균형이 무너졌다.

현철에게

마음이 아파야 가끔 너에게 소식을 전했지. 미안하게 생각만 한다. 그러나 좀체 그 미안함을 해소할 수 있는 일은 만들어지지 않는다. 친구에게 미안하다는 말은 자주 해도 잘못된 일은 없다고 자위를 해본다. 미안하지 않으면 우리에게 시간을 공유할 순간들도 오히려 허락되지 않을지도 모를 일 아닌가. 그래서 더 미안해지기로 했다.

철없던 시절의 추억, 잊혀졌으면 하는 기억들을 공유했다는 것은 단순한 사건이 아니다. 앞으로도 그럴 테고 돌아선 시간도 그랬다는 것을 인정해야겠지. 많은 친구들 중에 그래도 여전히 그대로 남아 있는 추억의 동반자가 되어 있어 주어서 항상 고맙게 생각한다. 지나간 시간이 즐거움만은 아닐 것이고 고역스러운 것만도 아니다. 그 중첩성을 우리는 공유하고 있어서 오랜 기간 이물감이 없는 것이라고 생각한다. 가끔 고향을 갈 때마다 너에게만은 빠짐없이 연락을 하는 이유도 그 이물감이 없기 때문임을 부정할 수가 없다.

우리에겐 누가 잘났고 누가 잘살고 있고 누가 먼저 뭔가를 하고 있다는 우열과 열등이 없다고 생각한다. 물론 다른 친구들도 마찬가지 일 수는 있지만 유독 너에게만은 더 그렇다고 하면 나만의 생각일지도 모를 착각이겠지만 나는 그렇다. 일상을 숨기지 않고 부끄러움도 같이 공유하고 있어서 더 그런지도 모르겠다. 그렇다고 우리의 경계가 하나도 없다는 것도 아니다. 털어놓을 수 없는 아픔이야 너에게도 있고 나에게도 있다. 그러나 그 아픔을 짐작하는 데로 품어 안을 수 있는 가슴 넓음을 서로 이해하고는 있다고 나는 믿는다.

나는 요즈음 많이 아프고 괴롭다. 삶의 순간을 부쩍 내려놓으면 어떨까 하고 머리를 쥐어뜯는 시간이 많아졌다. 산다는 것에 대한 회의가 많아질수록 어딘가로 도피처를 만들어 놓고 싶다는 욕망에 빠져든다. 그래서 생각 끝에 너에게 부탁을 해보기로 했다. 귀찮을 것이다. 왜 이렇게까지 나락으로 빠져드는지 안타깝게 생각해 줄지도 모르겠다. 그런데 말이지. 이제 나도 한계에 도달해버렸다. 빠져나오지 못할 수렁에 발이 묶여버렸다. 아픔에 진다는 것, 그것은 웬만한 좌절에는 대입할 수 없는 고통이더라.

친구여. 엄청나게 너를 옭아맬 부탁은 아니다. 수고롭지만 들어줘도 무방하리란 부탁이다. 살아가는 동안 유년의 불행을 떠올리기 싫어서 다시는 고향으로 돌아가지 않겠다는 다짐을 많이 했더랬다. 그래서 1년에 두 번, 추석과 설날에만 아버지의 산소를 찾기 위해 고향을 찾았던 게 다다. 그런데 삶이 나락으로 처박힐수록 고역스러웠던 유년의 시절이 간절해진다. 사춘기를 겪었던 너희, 친구들과의 시간이 참으로 소중했다는 생각이 든다. 섬진강을 끼고 도는 하천에서 홀딱 벗고 여물지 않은 성기를 덜렁이며 물속을 유영해도 아무도 이죽거리지 않았던 그 시절이 간절해진다. 고향으로 돌아가고 싶다.

인터넷을 뒤져도, 순창군청의 홈페이지를 뒤져도 원하는 정보가 없더라. 군청에 근무하는 너를 생각하지 않은 것은 아니지만 너에게 불편을 지워주기 싫었다. 요즘 갑자기 중학교, 고등학교 친구들이 연락을 해온다. 개중에는 출세한 이들도 있고 시답지 않은 인생을 사는 이들도 있다. 물론 나름 잘 살고 있다고 생각하는 놈들이 연락을 더 많이 해온다. 그럴 수밖에 없겠지. 자신의 삶이 고달픈 사람이 친구가 그리워도 그립다고 말이나 제대로 하면서 살고 있을 수 있는 세상이 아닐 테니. 최근에 낸 산문집을 보고서 혹은 다른 친구에게 소식을 듣고서 끊겼던 연락처를 알아내서 연락이 오는 것인지도 모르겠다. 반가운 일이다. 우리 세대처럼 정신없이 살아온 세대가 없었다. 이제 50줄을 넘기니 옛 생각들이 나나 보다. 그렇게 생각해보니 내가 여전히 글을 쓰고 있는 〈작가〉라는 직업을 가지고 있고 가끔 노출이 되는 상황에 있는 것이 다행이긴 하다.

그런데 잊혔던 친구들의 연락 보다 나는 더 하고 싶은 일이 생겨버렸다. 섬진강이 보이는 고뱅이나 대가리나 아니면 동계면이나 적성면이나 어디라도 오래된 집 한 채 구해서 남은 시간을 열심히 글을 쓰면서 살다 가고 싶다는 생각. 호사스러울지도 모르겠다. 그러나 호화롭지는 않겠지. 적지 않은 친구들이 고향에 터를 잡고 살고 있더군. 남은 시간이 얼마나 될지는 모르겠지만 내 남은 시간은 아침이면 물안개가 마당까지 들어오고 해가 뜨고 나면 마당에서 흰 개 한 마리의 머리를 쓰다듬고 강가를 산책하다 대나무 낚시로 피래미나 낚아 해지면 막걸리 한 병 마시고 밤이면 옛사랑을 추억하다 잠이 들 수 있는 생의 마지막 낭만을 꿈처럼 살고 싶다. 햇살 좋은 봄날 이나 가을 호젓한 날엔 가끔 골프채를 둘러메고 가까운 풀밭에서 시원스레 스트레스를 풀어도 좋을 것 아닐까.

부탁은 간단하다. 내가 머물 수 있는 그런 곳, 몇 군데 알아봐 달라는 거지. 방의 개 수는 필요 없다. 다 터서 공간의 개념을 없애버릴 테니까. 누구나 오는 사람은 신발을 신고 드나들도록 편한 공간으로 만들 터니까. 소유한 책들을 꽂아놓을 책의 공간을 만들고 거기에 작은 탁자 하나 놓고 앉아서 글을 괴발개발 쓸 수 있으면 좋겠고 창문으로 바람이든 사람이든 자연이든 언제든지 드나들 수 있으면 된다. 마당에는 지인들이 오면 뜯어 먹을 수 있는 채마 밭을 작게 만들 수 있고 계절마다 꽃술을 마실 수 있도록 꽃나무 몇 그루 심을 수 있으면 좋겠다. 담장이야 만들 필요는 없겠지. 누구나 들어오고 누구나 나가는데 제약을 만들 이유가 없으니.

친구야. 이런데 어디 없겠냐. 부유하지 못해 돈이 많이 들어가면 안 된다는 한계가 있으니 너에게 부탁할 수밖에…….

슬픈 동굴

나이 탓이 아니다. 정신이 없어지는 것도 아니다. 가끔 나로부터 도망치고 싶은 것일 테다. 날마다 마시던 술을 종종 마시는 것으로 바꾸는데 꽤 많은 시간과 노력을 들였다. 지금부터는 가끔으로 바꿔가기 위해 무진 애를 써보기로 했다. 그런데 부작용이 나타난다. 아니 전부터 있었던 엇갈림이 심해진 것이다. 폭주를 하게 된다. 다음을 정할 수 없으니 마시면 가급적 양을 늘려버리는 것이다. 아니다. 다음을 정하기가 싫은 것이다. 잊고 싶은 일이 많은데 잊히지 않아서 한꺼번에 잊어버리고 싶은 것이다. 그러나 취한 뒤에도 의식을 이기지는 못하는 것이 또 문제다. 알 수 없는 행동과 억제되지 못한 말들을 마구 흘리고 만다는 것이다. 억지해놨던 생각들, 억눌러놨던 행동들을 제어할 이성을 잠시 뒤로 물러 세우고 만다. 앞뒤가 어울리지 않는 주장을 늘어놓고도 태연자약하고 이유 없는 친절을 베풀고도 냉정해지기도 하고 맘에도 없는 칭찬을 늘어놓고 원하지도 않는 질투도 한다. 잠들기 전까지는 또렷하게 모든 일들을 기억하지만 잠이 깨면 점자처럼 만져보고 온 신경을 집중시켜야 겨우 토막의 기억만을 살려낼 수가 있게 된다. 잠을 자면서 뇌가 기억하기 싫은 것들을 스스로 지워가는 자정작용을 너무 충실하게 해주는 것이다.

마음 탓이다. 정신은 그대로다. 허전한 것이다. 삶이 버거운 것이다. 이성을 붙들고 살아야 하는 것이 싫어지는 것이다. 그럴수록 나는 내가 창조해 가는 나만의 동굴을 신뢰하게 된다. 저질러놓고 후회할 필요도 없다. 하지 않았다고 부담을 가질 필요도 없다. 어제 한 일은 어제로 단절 막을 쳐버리고 오늘 한 일은 오늘의 보자기에 싸버리면 된다. 나의 동굴에서는 내가 창조주이기 때문이다.

방마다 문을 닫아놓고 거실에서 생활을 한다. 40평 넓은 아파트에 온기라고는 거실뿐이다. 현관문을 들어서면 축축한 어둠이 나를 삼킨다. 커튼을 쳐놓은 거실은 대낮에도 어둡다. 불을 켜지 않는 밤은 완벽한 암흑을 만들어 준다. 밖의 세상과 단절된 나만의 동굴이다. 나는 동굴에서 산다. 누구도 믿을 수 없고 누구도 의지할 수 없는 완전한 독립체의 원시인처럼 가끔 불을 피워 밥을 짓기도 하고 정육점에서 수렵해온 고기를 구워 화식을 하기도 한다. 대화상대가 필요하면 텔레비전을 켜놓고 아름답고 잘생긴 미녀, 미남과 주렁주렁 말을 어둠에 걸어놓고 주거니 받거니 한다. 우스운 사람과 함께 웃고 거친 사람과 같이 인상도 쓰고 먹방과 쿡방을 보면서 상상 속의 맛 세계를 다녀오고 칼을 들고 요리도 해본다. 사람이란 태고엔 혼자의 독립된 생활을 해왔을 것이다. 티라노사우루스처럼 자신의 영역을 지키며 배타적인 생활을 해왔을 것이라고 생각한다. 그래서 사람은 고독한 존재였다. 혹시 모르지 않는가. 그 시절엔 생태적인 초능력을 가지고 있어서 어떤 생명체들도 침범할 수 없는 절대의 힘을 가지고 있는 유일한 존재가 사람이었다고 아니할 수는 없지 않는가. 나는 나의 동굴에서 절대자다. 리모컨으로 세상에서 가장 아름다운 여인을 소환해 낼 수도 있고 슬프고 웃긴 해프닝을 아무 때나 불러내기도 한다. 냉장고에는 불러내 주기를 바라며 차갑게 몸을 사리고 있는 식 재료들이 만땅이고 얼려진 몸이 해동되기를 간절히 바라는 경제생활을 통해 획득한 사냥의 전리품들이 육즙이 말라가고 있다. 종종 세탁기를 돌려 냄새나는 수렵의 흔적들을 지우고 뜨거운 물에 뛰어들었다 나오기도 한다. 어떤 일이든, 어떤 행위든 하고 싶을 때 하고 하기 싫으면 안 해도 된다. 나의 동굴은 나에게 전지전능의 능력을 부여해 주었기 때문이다.

새로운 동굴을 파기 위해 자연계 이곳저곳을 탐색 중이다. 전북 순창군 동계면 장군목, 유등면 고뱅이, 풍산면 향가리, 임실군 옥정호 주변, 정읍시 칠보면, 담양군 용면의 가마골, 제주도 협제와 조천까지. 언 땅이 녹고 굴을 파기에 적당한 봄이 오면 도구를 챙겨 들고 나에게 가장 적절한 장소를 만나러 갈 것이다. 새로 판 동굴에서 나는 보다 강력하고 완숙한 힘을 창조하는 절대자가 될 것이다.

추위에 적응하기

작년 겨울 독감을 앓고 난 이후 몸의 저항력이 약해져 자주 아프고 피로감을 빨리 느낀다. 약을 먹어도 별반 나아지지 않는 상태가 지속되고 개운함을 느껴 본 적이 거의 없다. 자연치유력에 맡겨 보고자 그때부터 내의를 벗고 나서 다시 입는 것이 꺼려짐이 오래되었다. 추울 때 춥게 지내야 하는 것이 맞는 것이라고 여겨졌다. 지나치게 추위를 피하려다 보니 몸의 저항력이 없어져 잔병치레를 한다고 믿어졌다. 사실이 그랬다. 두텁게 옷을 껴입고 겨울을 겉돈다고 추위를 이기는 것은 아니다. 추우면 추위를 느껴야 하고 추워야 맞다. 나무가 수액을 줄여 어는 것을 피하듯 추위를 두려워하는 나약함을 줄여주는 것이 추위에 제대로 맞서는 것이다. 춥다. 겨울은 추운 게 정상이다. 적응하고 과감히 단련되어야 한다. 피하려 하지 말고 당당히 마주 보고 서야 한다. 추위는 적응해가야 비로소 거북하지 않게 될 것이다.

바람 차고 눈발 날리는 길을 한참 걸었다. 허리를 숙이며 옷을 뚫고 들어오는 냉기에 저항했다. 피하려 않고 그렇게 나를 춥게 해줬다. 혼자 지켜가야 하는 날을 버티기 위해서는 모든 환경에 호응할 수 있어야 한다. 바지 주머니에 양손을 모두 찔러 넣고 울퉁불퉁한 보도블록 위를 걸으면서 나는 어떤 모습일 때 가장 나 다운가를 질문했다. 콧물을 훌쩍이며 나올 듯 말 듯한 재채기를 그러려니 받아들이면서 거추장스러움도 별거 아니라고 생각했다. 나에게서 나로부터 다가가는 제일 빠른 길은 내 안에 도사리고 있는 길을 찾아가는 여정임을 알게 되었다. 빙하를 넘어야 할지라도 빙굴을 헤쳐나가야 할지라도 밀고 나갈 의욕을 잃지 않는 한 추위에 적합해지는 나를 만들고 말 것이다.

한 해의 마지막 달이다. 12월이 겨울의 최절정기도 아니다. 이제 겨울의 초입에 조금 안쪽으로 들어왔다. 예년보다 눈이 자주 오고 영하 10도를 오르내리는 날이 많아졌다. 그러나 혹독하다고 말할 수 있는 지경은 아니다. 내 가슴에서 일어났다 사그라 들었다를 반복하는 冬風에는 비할 바가 아니다.

슬픈 해피엔딩

저녁 8시 20분 마른하늘에 번개가 치고 천둥소리 요란하게 뒤를 때린다. 곧 비가 따라올 것이다. 낮 동안 햇빛은 찬란했고 바람은 따뜻했다. 성급한 젊은 연인들은 겉옷을 벗어들고 반팔차림으로 도로를 활보했다. 나에게도 저렇던 시절이 있었지 하는 자조적인 미소가 지어졌다. 3월 초의 기온 치고는 지나치게 높은 것이 아닌가 걱정이 들기까지 했다. 이마에 내려와 닿는 햇볕이 가끔 따갑다는 느낌이 들었다. 이러다 봄은 쑥 건너뛰고 여름이 오지나 않을까 얼토당토않은 생각도 들었다. 느긋하고 따사로운 일요일 한낮은 그렇게 흘러감으로 사람들에게 충만한 기운을 불어넣어 주었다.

KBS 2TV 주말드라마 〈황금빛 내 인생〉을 보던 중이다. 이제 극이 거의 마지막으로 치달리고 있다. 아버지 서태수분의 끝없는 가족애와 자식에 대한 사랑은 죽어서야 끝나는 것일까. 말기 암. 시한부 삶. 눈물이 난다. 다시 아내의 병상 곁에서 아팠던 시간이 모자이크처럼 조각조각 맞춰진다. 가족 중에 누군가 아파야 온 식구가 똘똘 뭉친다는 편견은 필요 없다. 잠재되어 있던 핏줄의 끈끈함이 조금 더 진하게 표현되기 시작할 뿐이다. 가족도 서로 다른 개성들이 모여 사는 사회공동체다. 의견이 다르면 마찰이 생기고 대립도 한다. 갈등이 커졌다 해갈이 되며 서로의 끈끈한 정을 쌓아간다. 그래서 가족은 절대 끈어낼 수도, 끈어질 수도 없는 핏줄의 인연이다. 왜, 피가 물보다 진하겠는가. 핏속에는 내력이 그대로 대물림 된다. 유전자도, 생김새도, 성품도, 행동거지도 은연중에 모두 포함되어 있다. 다름보다 같음이 더 많을 수밖에 없다. 하늘이 두 쪽이 나고 지구가 멸망한다 해도 가족이란 인연은 끝나지 못한다. 죽음 이후에도 가족의 연은 그대로 이어진다. 보이지 않는다고 가족이 아닌 것이 아니다. 기억 속에 영원히 살아있다. 핏줄을 타고 그 인연은 돌고 돌아 이어진다.

번개 천둥이 시끌벅적하다. 아직 비는 안 온다. 가슴을 적시는 비가 오면 좋겠다. 사랑하는 사람을 잊으려 할 이유를 만들어낼 필요 없는 비가 흠뻑 왔으면 좋겠다. 서태수분에게 기적이 찾아 들어 사랑하고 지키고 싶은 가족과 좀 더 많은 시간을 함께할 수 있게 되면 좋겠다. 극적인 효과를 강하게 오래도록 지속시키기 위해서 요즈음 극의 중심에 있는 인물을 죽이는 경우가 많다. 죽음은 대단원의 막으로 가는 과정을 긴장감 있게 몰아갈 수 있는 좋은 소재이기 때문이다. 시청자들의 공감을 빨리 이끌어낼 수가 있다. 보는 사람들의 가슴을 강하게 자극해 감정이입의 속도를 배가시킨다. 현실 세계에서도 마찬가지다. 누군가의 죽음은 관계된 사람들을 모이게 한다. 마지막을 함께 하고 배웅을 하려는 마음은 인간의 기본적인 착한 심성이다. 간혹 그렇지 못한 경우가 있기도 하겠지만 거의 모든 죽음에 대한 마음은 슬픔과 아쉬움이다. 그 슬픔과 아쉬움에 대한 공유를 통해서 관계된 사람들은 더욱 유대가 강해지고 새로운 삶의 시간으로 섞여 들어갈 수 있게 된다.

이제 비가 온다. 드라마는 점점 더 눈물바다가 될 것이다. 가족사랑은 가장 깊이 내재되어 있는 사람의 본능이다. 그래서 사랑이전의 원본적인 사랑이라고 할 수 있다. 아마도 한 두 회 더 하면 대미에 이를 것으로 여겨진다. 죽음을 암시하더라도 극의 끝에서도 서태수분의 죽는 모습은 보여주지 않았으면 좋겠다. 극을 역동적으로 이끌어가는 악역들이 심리적 정화현상들에 들어가고 있다는 것은 이제 극을 마무리 한다는 암시와도 같다. 권선징악은 사람들의 감정을 효과적으로 파고들기에 좋은 불변의 줄거리임에 틀림없다.

요즘은 새드엔딩이 싫다. 우울하고 버거운 고뇌이 삶에 덕지덕지 붙어 개입된 일들이 많은데 영화나 드라마까지 가슴 답답하게 끝이 나면 더 심난해 진다. 죽음이 따라야 한다 해도 즐겁고 편안한 죽음이었으면 좋겠다. 사랑하는 사람들의 손을 맞잡고 가장 마음 가볍게 마지막을 홀연히 마무리 할 수 있었으면 좋겠다. 슬프긴 하겠지만 아련 해피엔딩이 될 것이다. 빗소리를 들으며 오늘 밤은 눈 대신 가슴이 축축히 젖어 숙면을 취하고 싶다.

끝말

남아있는 시간을 위하여

지금 아픔을 느끼는 것보다

수만 배 더 아플 거라고 알겠습니다

저무는 하늘이 붉은 것은

아픔들이 모여

피눈물을 흘리기 때문일 겁니다

새벽 해가 핏덩이 같은 것은

그 날도 지난 시간처럼

아플 것이기 때문입니다

아프다는 것,

놀랍게도 살아있다는

증거임을 잊지 않겠습니다

아플 수 있어서 다행인

남아있는 시간 동안

천만 배, 억만 배로

아프게 살겠습니다